ERVAS
DANINHAS

Cet ouvrage a bénéficié du soutien des Programmes d'aides à la publication de l'Institut Français.

Este livro contou com o apoio à publicação do Institut Français.

INSTITUT FRANÇAIS

AMBASSADE DE FRANCE AU BRÉSIL
Liberté
Égalité
Fraternité

O poema da página 159 é de autoria de Mohammad Abdallah e foi traduzido do árabe pela autora.

Tradução
Sônia Gabilly

Revisão de tradução
Sérgio Lamarão

Preparação e revisão
Raquel Silveira

Capa e projeto gráfico
BR75 | Raquel Soares e Thais Chaves

Diagramação
BR75 | Thais Chaves

Dados Internacionais de Catalogação na Publicação (CIP)
(Câmara Brasileira do Livro, SP, Brasil)

Abdallah, Dima
Ervas daninhas / Dima Abdallah ; [tradução Sônia Gabilly].
-- 1. ed. -- Rio de Janeiro : Editora Paris de Histórias, 2024.

Título original: Mauvaises herbes.
ISBN 978-65-85778-02-2

1. Ficção libanesa I. Título.

24-190865 CDD-L892.73

Índices para catálogo sistemático:
1. Ficção : Literatura libanesa L892.73

Aline Graziele Benitez - Bibliotecária - CRB-1/3129

ERVAS DANINHAS

Dima
Abdallah

Tradução
Sônia Gabilly

ERV
AS
DAN
INH
AS

Paris de Histórias
editora

Para David e Rida

Uma erva daninha não passa de uma flor que nasce no lugar errado.

AGATHA CHRISTIE, *Um passe de mágica*

Transformamos nossa mão ao colocá-la em outra.

PAUL ÉLUARD, *Noites partilhadas*

PREFÁCIO

"Deixo crescerem as lembranças, mesmo as que, como ervas daninhas, crescem onde ninguém as chamou", escreve Dima Abdallah em seu romance de estreia, ganhador do prêmio France-Liban de 2020. É um livro que trata, na sua raiz, de memórias a partir de duas vozes intercaladas: a de um pai e a de uma filha ao longo de várias décadas em cidades diferentes. Como a memória, essa narrativa é marcada por grandes lapsos temporais. O que faz sentido, pois um dos maiores desejos dos dois narradores é esquecer.

A história começa no anos de 1983, em Beirute, em que uma menina de seis anos conta como é ser resgatada da escola pelas mãos de um gigante durante um bombardeio. Ela vê seu entorno com naturalidade, orgulhando-se de não chorar como as outras crianças e concentrando-se nos dedos, nas falanges, na mão que a guia para o carro. Seguimos, depois, essa mesma cena do ponto de vista do gigante, seu pai, que também descreve com pormenores a minúscula mão da garotinha séria e compenetrada, ao tentar levá-la para um local seguro.

A tensão é palpável pois, afinal, o livro se passa durante a Guerra Civil Libanesa (1975-1990), um longo conflito que, no fundo, nunca chegou a acabar e que deixou o Líbano esfacelado. Embalada pelas músicas da celebrada cantora Fairuz – que entoava "Eu te amo, Líbano, meu país/ Eu amo/ seu norte, seu sul, suas planícies eu amo", falando de uma tão sonhada nação unida –, a narrativa segue o que foi o destino de vários libaneses: o exílio. A garota, aos doze anos, imigra junto com a mãe e o irmão mais novo para Paris, enquanto o pai permanece no Líbano, refugiando-se no álcool pelos tormentos das lembranças da guerra.

A distância espacial intensifica a falta de comunicação entre pai e filha, que só conseguem ter algum tipo de troca afetiva por meio do cultivo das plantas: jogou fora o alecrim? Comprou uma manjerona? Seus dedos estão com aroma do manjericão... "É interessante saber que o que chamamos de 'ervas daninhas' abrange, na verdade, muitas plantas medicinais", explica a narradora. A cura encontra-se dentro do próprio veneno, poderíamos pensar, uma vez que o Líbano ainda tem um caminho longo a percorrer para tratar as feridas da guerra.

Em um conflito altamente complexo, que colocou de lados opostos cristãos maronitas, muçulmanos libaneses e palestinos, e levou a invasões de Israel (em especial o Cerco de Beirute de 1982, seguido pelo extermínio de palestinos dos campos de refugiados de Sabra e Chatila pelas milícias cristãs falangistas depois do assassinato de Bashir Gemayel, com a conivência das tropas israelenses) e da Síria e à intervenção de potências internacionais, cobrava-se um posicionamento claro dos libaneses. Contudo, os dois protagonistas não conseguem indicar de que "lado" estão. Repetidamente, a garota mostra seu desconforto em não saber o que responder quando lhe perguntam se é cristã ou muçulmana, se é do sul ou do norte, do leste ou do oeste – é como se sentisse uma estrangeira dentro de si mesma, uma erva daninha, por fim. O exílio não lhe traz nenhum alívio quanto a essa confusão identitária; não aguenta o olhar de pena dos franceses quando descobrem que vem de um país em guerra; aos poucos, o francês vai se sobrepondo à língua árabe. Se ela perde a pátria (cuja raiz vem de *pater*), também perde o pai. Ela sempre estará nesse entre-lugar.

Ainda que seja ficção, *Ervas daninhas* é claramente baseado nas lembranças de Dima Abdallah, nascida no Líbano em 1977, do poeta Mohammed Abdallah e da escritora Hoda Barakat, um dos nomes mais importantes da literatura árabe contemporânea, cujos livros *O arador das águas* e *Correio noturno* foram traduzidos recentemente no Brasil por Safa Jubran e publicados pela editora Tabla. Não é uma herança fácil de carregar – talvez por isso a figura da mãe seja uma mera sombra no romance. Contudo, ela se sai muito bem, como o leitor poderá comprovar. Formada em arqueologia, Abdallah faz uma escavação interna, revelando momentos de grande vulnerabilidade, tanto seus quanto de seu pai. O livro, na verdade, é uma "homenagem ao seu pai", como explicou em entrevista a Nathalie Jungerman.

De 1983 a 2019, de Beirute a Paris, testemunhamos a evolução da relação de amor entre os dois, em que a menina que era protegida por um gigante passa a ser a protetora do pai embrigado. Os filhos crescem, os pais envelhecem, os libaneses, os sírios, os palestinos e todos os outros povos vítimas de conflitos sobrevivem (e é esse o caráter universal do livro), seguindo o curso da vida, como ervas daninhas que resistem ao serem arrancadas da terra onde brotaram.

Paula Carvalho

É historiadora e jornalista. Foi editora da revista literária Quatro Cinco Um. É mestre em história pela Universidade Federal de São Paulo (Unifesp) e doutora em História pela Universidade Federal Fluminense (UFF), estuda viajantes, principalmente os disfarçados. Lançou o livro Direito à vagabundagem: as viagens de Isabelle Eberhardt *em 2022 pela editora Fósforo.*

BEIRUTE, 1983

A MÃO DO GIGANTE é tão imensa que um único dedo é suficiente para mim. Ele sempre me estende seu dedo em vez de segurar minha mão. Sinto a grossura de cada falange na minha palma, que eu aperto com força. Quando o dedo mindinho me escapa, ele me estende o indicador. Cambaleio um pouco porque, muitas vezes, é difícil para mim seguir em frente no passo certo. Sei que ele sabe exatamente onde ir. Então, sigo-o com dificuldade, me agarrando como posso ao seu dedo, em um ritmo rápido demais para minhas pernas pequenas e em um espaço muito grande e caótico para meus olhos o domarem. Na minha altura, só estão os meus colegas, que se agitam e se agrupam à nossa volta. Não gosto muito dos meus colegas, principalmente quando choram. Também não gosto de muita gente e muito barulho. Não tenho muito medo, já que estou com meu gigante. Decidi que, neste tipo de situação, era necessário confiar nele. Ele é forte e muito inteligente. Quando o dedo me escapa, me agarro a um pedaço do tecido da calça que cobre sua coxa enorme. Então, ele para e, novamente, me estende a mão. O mindinho ou o indicador. Às vezes, ele me fala coisas que não escuto bem, e por isso não respondo, mas não é nada demais, mais tarde conversaremos. Me limito a me agarrar à sua mão e fico muito concentrada sobretudo para não soltá-la. Agarro esse dedo com força, sei que isso é importante. Às vezes, levanto a cabeça para olhar seu rosto e sempre penso o quanto ele é mesmo grande.

Ele veio me buscar no pátio que não é o meu. Quando eles ligam para os pais virem, é ali que somos reunidos. É nesse pátio que as crianças começam a chorar e a soluçar em coro. A primeira chora e, como um efeito dominó, todas começam a chorar e a soluçar, uma após a outra. Sempre olhei essas cenas com incompreensão. Invejo-as por serem tão semelhantes, tão coordenadas. Por mais que tente pensar em coisas tristes para conseguir chorar junto com elas, não consigo. Não, eu, como sempre, logo que os tiros se intensificaram, rezei para que durassem tempo suficiente para preocupar os professores. Sabia que quanto mais forte fosse o barulho, mais regulares e próximas seriam as explosões, e mais chances teríamos de voltar para casa. Não sou boba, sei que algo está acontecendo, algo sério. Os adultos usam um tom muito solene quando falam a respeito. Eles estão geralmente muito nervosos. Por exemplo, não gostam quando compramos estalinhos ou fogos de artifícios e, quando os escutam estourar, às vezes insultam os garotos na rua. Acho que essas histórias de guerra não são tão graves assim. Não gosto muito de falar dessas coisas. Não é da minha conta e, além disso, não levo muito jeito para falar de coisas sérias.

Nas primeiras explosões, ninguém reagiu na sala, a professora só parou de falar por alguns segundos. O barulho ainda parecia distante e irregular. Eu já não ouvia mais nada do que ela estava dizendo, rezava para o céu e a terra para que os tiros se intensificassem e o barulho ficasse mais próximo. Inventei uma pequena oração que faço, na minha cabeça, quando tenho alguma coisa para pedir a Deus. O meu Deus, só o meu, não o dos outros. Não gosto muito do Deus dos outros. Quando o rosto da professora se contraiu, comecei a guardar minhas coisas calmamente na minha mochila, antes mesmo que ela pedisse. Antes de mandar sair da sala, ela sempre toma o cuidado de dizer às crianças "não é nada grave", "não precisam entrar em pânico", sem deixar de falar em francês. A turma inteira lhe responde com gritos de terror, em coro e em árabe.

Quando estamos no pequeno pátio à espera dos nossos pais, o choro se torna um concerto, um psicodrama ao qual assisto como se fosse um filme. Os valentões são os que mais me fascinam. Vejo sempre maravilhada esses durões choramingando no colo da professora. Eu os encaro, fascinada pelas lágrimas, pelo suor, pela meleca escorrendo. Talvez porque eu seja a única que não chora, a professora não gosta de mim. Não consigo me forçar a chorar, não é culpa minha. Tento de verdade. Toda vez eu tento. Ao lado dos meus colegas em pânico fico exultante, mas tento fazer com que não se note muito, vigiando a chegada do meu gigante através de um buraquinho no muro do pátio. Um buraco tão pequeno que não dá para ver quase nada através dele.

Mesmo assim, continuo vigiando sua chegada. Na verdade, com o rosto espremido contra o muro, dá para me ver menos ainda. Fica menos perceptível que nenhuma lágrima aceita escorrer dos meus olhos.

Além disso, ao lado do meu muro, há um grande vaso com terra onde crescem várias flores cujos nomes não conheço. Gosto de observar as pétalas bem de perto, e de acariciar as folhas. Me ajuda a passar o tempo e é como se tocar as flores deixasse os gritos dos meus colegas menos estridentes. Que bom que meu irmãozinho ficou em casa hoje. Toda vez que vejo meus colegas chorarem, penso nele e nos bobinhos da sua turma, que devem estar ainda mais em pânico, já que são bem pequenos, e o assustam com seus gritos. Não quero que ele fique com medo.

Sempre tento arrumar meu rabo de cavalo direito para que o gigante me ache bonita quando chegar. Por isso também fico bem feliz por não chorar. Não gostaria que ele me visse chorando. Quero estar bonita e sorridente. Molho a palma da minha mão com um pouco de saliva e tento alisar todos os cabelinhos crespos em cima da minha testa. As meninas que choram mais são as mais bem penteadas, nunca têm cabelinhos frisados na frente. A maioria tem cabelo liso, bem penteado, até mesmo no final do dia. Pareço um pequeno carneiro com meus cachos, que tentam escapar o dia inteiro.

Ele sorriu quando chegou e, rapidamente, esticou o dedo para eu entender que não havia tempo para abraços e beijos e que precisávamos voltar para casa imediatamente. Ele me disse que iríamos tomar sorvete, mas sei que não é verdade. Tenho seis anos, não sou boba. Trocamos duas ou três palavras para dizer que estávamos muito felizes em nos encontrarmos e que tudo isso, toda essa agitação, não era muito grave, e aí ele pegou minha mochila. O gigante e eu deixamos o pátio dos pequenos para atravessar o outro, o dos mais velhos. Há um portão de ferro pintado de cinza-claro separando os dois. No meu, há uma grande caixa de areia, enquanto este é somente um imenso retângulo de cimento. O grande retângulo ainda abre em outro pátio, o dos grandes de verdade, do fundamental II. Atravessamos um pequeno trecho deste último, somente alguns metros, até alcançar a grande descida que leva ao portão principal da escola.

Quando olho para ele, acho que o gigante é muito bonito, muito mais bonito que todos os pais que vieram. Sei que não posso soltar seu dedo, então me mantenho concentrada na mão. A descida é a autoestrada que todos usam em direção à saída. Dos menores aos maiores, essa é a passagem obrigatória, não existe outra. A organização tão pensada, a separação tão organizada entre os pequenininhos, os pequenos, os médios, os grandes médios, os grandes, os adolescentes, se desfaz em pedaços na descida que leva à saída. Ele carrega minha mochila, mas mesmo assim meus passos não são muito firmes, porque há muita gente. Eu poderia lhe pedir para andar menos rápido, mas não quero incomodá-lo, ele parece muito concentrado. Meu gigante me escolta em direção à saída e, quanto mais nós nos aproximamos do grande portão, mais sinto seu dedo se contraindo na minha palma. Às vezes, não dá para andar em linha reta e devemos contornar os obstáculos, e aí meu corpo se adequa ao ritmo ditado por ele. Seu mindinho me mostra por onde temos que passar. Meu cérebro fica em tela preta e manda todo meu ser focar somente o gigante. Mais que isso, só a sua mão. Mais ainda, só o seu dedo.

Conheço as mãos do meu gigante como se eu mesma as tivesse modelado. Até melhor. Conheço ainda melhor a mão direita, que é a que estou segurando. Eu a reconheceria entre milhões de outras. Conheço cada dedo, cada falange, cada unha, cada pelo. Conheço seu perfume, conheço a taxa de umidade na superfície e na palma, na medida exata. Conheço a textura, as diferentes texturas. Conheço as diferentes espessuras e rugosidades de cada falange. Conheço a unha mais lisa e a menos lisa. Conheço a quantidade de milímetros aparados toda vez que ele corta as unhas, sempre muito curtas. Eu sei qual dos cinco dedos é o mais peludo e qual é o menos. Conheço os mínimos detalhes da palma e a forma como o sangue circula ali, deixando a pele mais vermelha em alguns lugares do que em outros. Conheço o pequeno defeito da unha do indicador. Meio milímetro de unha faltando entre a cutícula e o resto da unha, à esquerda.

Os olhares e as palavras são furtivos. Por mais que ele estique seu dedo e verifique de vez em quando que estou bem agarrada, seu ser inteiro vigia a saída principal. Sinto a urgência agitando o gigante. Mesmo que seu corpo esteja tentando se movimentar ao meu ritmo, sua pressa é gritante. Ele assume sua missão com uma seriedade que é palpável até na umidade de sua mão. Os últimos metros que nos separam da porta lembram a última reviravolta, quando o cavaleiro mobiliza toda sua coragem e toda sua força antes de desferir o golpe final sobre o dragão e sair correndo da masmorra que desmorona dois segundos depois de sua saída, em uma acrobacia extraordinária. Só que não é isso. Essa não é a cena final, porque, depois da porta grande da saída, tem a parte de fora, a rua, as explosões chegam mais perto. Têm os outros, a multidão concentrada em frente à porta, cada um tentando, da maneira que for possível, sair deste formigueiro, em meio ao barulho ensurdecedor do trânsito, das buzinas, do ronco permanente da cidade. Mais do que nunca, o gigante leva sua missão a sério. Durante a travessia do pátio, ele só estava se preparando, treinando para sua verdadeira missão lá fora. Não há mais pátio, limites, caminho assinalado em direção à saída, não há mais fortificações no castelo, nem masmorra, nem dragão. Só ele, eu e o caos infinito que nos separa de casa.

É nesse momento, quando ultrapassamos o grande portão de ferro, que sua mão inteira pega meu punho. Não há mais dedo, minha mão não segura mais nada, não tenho mais nada para agarrar, não posso mais olhar muitas e muitas vezes para todos os detalhes de suas falanges. Às vezes, sua mão solta meu punho para agarrar meu ombro, para me aproximar mais ainda de seu corpo, para que nossos corpos se mesclem ainda mais. De vez em quando, sua mão úmida pressiona meu punho, meu braço ou meu ombro, me machucando um pouco, mas não digo nada. Não quero perturbá-lo, atrapalhar sua concentração extrema. Quando levanto a cabeça, vejo gotas de suor aparecendo em seu rosto. Algumas escorrem pelas têmporas e pela mandíbula, outras seguem ao longo do nariz. Às vezes ele me ordena, com firmeza, "vai" ou "cuidado", e eu obedeço. Compreendo bem que precisamos voltar rápido. Os outros pais também parecem levar sua missão muito a sério. As crianças pararam de gritar, mas parecem preocupadas e algumas ainda estão chorando. Não me preocupo muito, estou feliz por estar com meu gigante e voltar para casa mais cedo do que o previsto. Levanto a cabeça para gritar que estou muito feliz que ele tenha vindo me buscar, mas ele não ouve. Eu só gostaria de tranquilizá-lo um pouco, de lhe dizer para não ficar com medo, mas não levo muito jeito para falar sobre essas coisas. E, de qualquer forma, o barulho é muito grande para podermos conversar.

Encarando os obstáculos, superando as dificuldades, alcançamos o carro e o cavaleiro me ergue em sua montaria, antes de se instalar na frente e tomar as rédeas. A montaria é um desses cavalos pequenos da Mongólia, praticamente um pônei, se comparado ao tamanho do meu gigante. Ele leva alguns segundos para encontrar uma posição confortável na sela, muito pequena para ele, e por fim suas mãos acabam assumindo o comando das pequenas rédeas. Aguardamos um pouco antes de sair porque há tanta gente que é difícil sair do formigueiro. Todas essas pessoas berrando me irritam. Acho que não adianta nada gritar ou ficar nervoso, sempre gostei de quem sabe manter a calma. À ordem autoritária do seu cavaleiro, a montaria relincha e resmunga antes de sair andando. Não olho a paisagem, não olho pela janela as outras montarias berrantes, eu olho-o, só vejo ele. Observo com atenção cada gesto, cada careta, cada gota de suor. As imensas mãos seguram o volante com firmeza. Mesmo quando estamos parados, elas mantêm sua posição. Examino a mão esquerda com muita atenção, constatando que ela é bem mais morena do que a direita. Nela, há tantos pelos quanto na direita, mas eles se fundem melhor na cor da pele, queimada de sol. A parte coberta pelo relógio, que às vezes aparece, é muito branca. Eu a fixo para não perder os instantes em que o relógio se mexe, deixando aparecer a pele clara. Observo sua pele como se observasse células no microscópio, como um tema de estudo. Olho novamente cada pelo e sempre me surpreendo com seu tom escuro, sua densidade e sua extraordinária espessura.

Às vezes a mão esquerda solta o volante. Então, a palma vira lentamente em direção ao céu e cai, pesadamente. De vez em quando, o gigante perde o sangue-frio e começa a reclamar dos outros motoristas, que aparentemente dirigem mal, reclama dessa cidade, dos engarrafamentos, e de muitas outras coisas que não entendo muito bem. Faz isso em voz baixa. Gosto do fato de ele não levantar a voz, detesto quando as pessoas gritam. Quando as explosões se tornam mais fortes e mais frequentes, ele suspira muito alto. Na hora, se volta para mim, para ver se eu prestei atenção e sorri. Às vezes, ele até conta piadas. Pode ser que ele ache que estou com medo. Não entendo quase nada de tudo isso, entendo muito pouco, e, de qualquer forma, não dou muita importância. Estou muito ocupada em observar suas mãos e os menores movimentos de seu corpo, como em câmera lenta, como em um filme mudo. Quase me abstraio da trilha sonora, me abstraio do cenário. Não estou muito a fim de saber o que acontece, nem o que está em jogo no tumulto que nos cerca. Não quero saber e, por mais estranho que pareça, meus sentidos estão me obedecendo. Eles dão *zoom* em seu corpo e tiram o resto do foco. Estamos sozinhos no mundo, o gigante e eu. A terra está despovoada de todo o resto.

Os únicos momentos em que sinto medo é quando temos de parar na frente dos soldados. Eles gesticulam com os braços e as mãos para dizer se podemos passar ou se temos de parar. Param as pessoas para fazerem perguntas que não entendo muito bem. Muitas vezes perguntam aonde vamos e eu não percebo muito bem qual é a importância disso. Também pedem documentos de identidade e também não entendo muito bem o porquê. Não vejo o que importa para eles saberem como nós nos chamamos e quando nascemos. Às vezes gritam com meu gigante e não há nada que eu odeie mais no mundo do que alguém gritando com meu pai. Às vezes não gritam, mas falam palavrões e até já os vi atirando em carros. Então fico desconfiada, não gosto deles. Eles nos param bastante, várias vezes por dia. Os soldados estão em todo lugar. Geralmente, ficam na frente de pequenas barracas que montam com sacos de areia. Algumas são muito bem construídas e outras menos. Meu irmão e eu gostaríamos de ter sacos grandes de areia e de construir barracas lindas assim. Uma vez, um deles bateu em meu gigante e o fez sangrar, e aí eu realmente fiquei com medo. Porque meu gigante é muito forte, de verdade, é a pessoa mais forte que eu conheço, ele é imenso, e já que não se defendeu, significa que os soldados são muito perigosos mesmo. Sem isso, meu gigante teria acabado com ele. Mesmo porque o cara era bem pequeno e nem roupa de soldado ele tinha. Quando os soldados nos param, às vezes ele olha para mim, para ver se estou com medo, mas, na maior parte do tempo, não estou com muito medo, às vezes nem um pouco. Estou meio acostumada.

Não sei de cabeça o caminho da escola para casa. Não reconheço nenhum prédio, nenhuma rua, nenhuma loja, nenhuma ponte, nenhuma árvore. Quando estou no carro com meu gigante, não fico olhando a paisagem. Passo meu tempo olhando para ele. Além disso, nem sempre pegamos o mesmo caminho e às vezes nós mudamos. Gosto de olhá-lo também porque o acho interessante. Além de ser um gigante, tem algo que os outros não têm. Eu não saberia dizer o quê, é como se houvesse algo luminoso nele. Conheço outras pessoas que também têm algum tipo de luzinha, mas no seu caso é diferente, é como se ela fosse única e muito diferente das outras. Como se brilhasse mais forte. É algo que atrai os olhos, que não dá para deixar de perceber. Acho que, quando ele está cercado por outras pessoas, ele é mais notado que os outros. E quando ele fala, é como se sua voz tivesse algo mágico, um timbre único que a deixa diferente das outras vozes e dá vontade de escutá-lo. Reparei que, quando ele está com seus amigos e quando ele fala, ninguém o interrompe. Já ouvi dizer que isso se chama carisma, mas acho que é outra coisa, algo que não dá para explicar. Não gosto quando as pessoas tentam explicar tudo. Acho que o gigante tem um superpoder, algo magnético que absorve tudo ao seu redor. Ontem, assisti um programa de televisão sobre astronomia e pensei que o gigante é um tipo de supernova que se tornou um buraco negro. O gigante é uma estrela gigantesca que ilumina tudo e um buraco negro que engole tudo que está por perto. Não é que as outras pessoas em sua volta sejam menos importantes, é só que o peso do buraco negro é tamanho, sua força gravitacional é tamanha, que ele engole tudo.

Quando estamos presos nos engarrafamentos, acontece dele soltar o volante alguns segundos para acender um cigarro. Ele o comprime rapidamente entre o indicador e o dedo médio, bem no fundo, onde os dois dedos se encontram, e logo volta à posição de combate, com as duas mãos no volante. Vejo o cigarro se consumindo na sua mão, meu olhar acompanhando as espirais de fumaça. O fino cigarro faz sua mão parecer ainda mais gigantesca. Um minúsculo e fino graveto branco espremido entre dois dedos enormes. Entre as duas falanges mais grossas. Olho para ele e percebo que gosto do cheiro do ambiente: uma sábia mistura de combustível, iodo, escapamento e cigarro.

BEIRUTE, 1983

ESPERO QUE ELA ESTEJA APERTANDO BEM MEU DEDO. Não gostaria que o soltasse, nem por um segundo. Ela poderia se perder com facilidade nesta multidão imensa. Aconteceu uma vez, no passeio à beira-mar, e meu coração literalmente parou de bater por um instante. Me lembro como se fosse ontem de seus olhos, quando finalmente reencontraram os meus. Seus olhos, úmidos e apavorados. Não nos perdemos de vista por muito tempo, dois minutos apenas, mas me pareceram horas. Durante esses dois minutos, ela deve ter achado que, de agora em diante, estava sozinha e perdida, que talvez não me encontrasse nunca mais. Seu um metro e pouquinho deve ter se sentido totalmente esmagado pela multidão, destruído por milhares de pernas imensas. Levei alguns segundos para me dar conta de que sua mão não estava mais agarrada ao meu dedo e, quando percebi que minha mão não segurava mais nada, senti meu corpo perder todo seu sangue. Meu sangue, acho, não estava mais circulando. Em um segundo, me esvaziei de tudo, não era mais nada além de uma sombra, imóvel, em pé, no vácuo. O tempo parou. Meu corpo, abandonado, estava petrificado, e meus ouvidos não escutavam nada além de um zumbido ensurdecedor de silêncio. Silhuetas espectrais vagavam à minha volta, passando em um ritmo lento e robótico. O envelope vazio do meu corpo estava lá, em pé, incapaz de se mexer, minha mão esticada, meu dedo, amputado do calor de sua pequena palma. Não acontecerá nunca mais. Garantirei. Garantirei isso a cada instante, com todo meu ser, todo meu corpo e os cinco dedos da minha mão que ela está segurando. De agora em diante, nunca mais baixarei a guarda, nossos corpos sempre serão um só. Serei seu guardião, seu guarda, sua escolta. Levarei meu papel muito a sério, ninguém será mais sério do que eu.

Mais uma vez me certifico de que ela está bem agarrada ao meu dedo. Ela quase não fala e, quando fala, mal escuto sua vozinha nessa maldita confusão. Pode ser que esteja me dizendo coisas importantes, mas, por mais que eu me abaixe de vez em quando e lhe peça para repetir sua frase, não entendo o que ela insiste em querer me dizer. Enfim, conversaremos depois, no carro; por enquanto o mais importante é que ela aperte bem meu dedo indicador. Quando a multidão se torna mais densa, agarro seu pequeno punho para me certificar ainda mais da sua presença ao meu lado e, quando chegamos ao portão da escola, aperto-a com força, meu braço em volta de seus ombros, para senti-la contra mim e lhe mostrar que eu não a soltarei. Com minha outra mão, carrego sua mochila, que me parece muito pesada para seus ombros pequenos. O que os levou a achar que uma criança dessa idade podia levar uma carga tão pesada? Imbecis.

Ontem, quando os bombardeios se intensificaram e fui buscá-la mais cedo que o previsto, de novo ela era a única criança que não chorava. Ela me recebeu com um sorriso imenso e me pediu notícias de seu irmãozinho, doente em casa. Ela não chora muito. Não fala muito. Eu também sorri e lhe disse que ele estava bem, que daqui a alguns dias poderia voltar para a escola. Disse-lhe que estávamos com sorte de ir para casa mais cedo. No caminho que nos separava do grande portão cinza, ela me perguntou por que seus colegas começavam a chorar em coro todas as vezes e respondi que ela estava certa em se surpreender com isso. Adotei um ar animado e fiz com que ela risse, dizendo que eles eram estranhos, todos eles, por entrar em pânico por qualquer barulhinho. Disse que talvez pudéssemos parar para tomar sorvete. Tentei não acelerar o passo, manter o ritmo dela e a voz calma. No carro, aproveitei para lhe dar um beijo na testa enquanto a instalava no banco de trás. As centenas de carros, amontoados na frente da escola, estavam parados e levamos uns cinco minutos para sair. O barulho das buzinas, das sirenes e das explosões estava tão forte que não dava mais para conversar. Eu lhe disse para não se preocupar, que logo íamos poder sair e que eu estava com vontade de tomar um sorvete, mas ela não escutou. Em cinco minutos, quis lhe dizer mil vezes para ela abaixar a cabeça, antes de sairmos da zona de perigo, mas me contive.

Já na rua, a toda hora eu me virava para ver se ela estava com medo, mas estava sempre calma, e de vez em quando me sorria. A meio caminho de casa, lhe disse que naquela hora o vendedor de sorvete com certeza já estava fechado. Amanhã iríamos, nós quatro, tomar uma grande casquinha de sorvete italiano à beira-mar. Ela não insistiu. Não respondeu. Após uma enorme explosão, olhei-a pelo espelho, e ela continuava calma, com as duas mãos nos ouvidos. Achei que tinha que conversar com ela, dizer qualquer coisa, encontrar palavras para formar uma frase. Perguntei como tinha sido seu dia. "Muito bom." Perguntei o que eles faziam na aula para a mochila estar tão pesada e propus jogá-la pela janela para fazê-la rir. Ela riu muito. Depois ficamos em silêncio por longos minutos antes que eu resolvesse lhe dizer, após a enésima explosão, para abaixar a cabeça.

Ela deitou no banco traseiro e começou a cantarolar uma música. Olhei para trás e disse que parecia uma música bem bonita, perguntei se ela tinha acabado de aprendê-la. Ela não respondeu. Sorriu e falou, ainda com as mãos nas orelhas: "A professora me odeia. Também é porque eu não choro." Imediatamente respondi, e muito alto, que amanhã iria quebrar o nariz dela, da professora. Ela olhou para mim, apavorada, petrificada pelo que eu tinha acabado de dizer. Acrescentei na hora que estava brincando, mas que, se ela quisesse, poderíamos nos contentar em untar a professora com mel, amarrá-la a uma pilastra no pátio, e ficar esperando as formigas e as vespas lhe darem uma boa lição. Disse ainda que, se isso não bastasse, poderíamos quebrar um ovo na cabeça dela. Com esse calor, daria um delicioso ovo frito para degustarmos. Ela caiu na gargalhada, me dizendo, entre dois acessos de risos, que essa foi a melhor ideia que eu já tinha tido.

Conheço seu olhar de manhã quando ela me dá tchau, mesmo que não diga nada. Também conheço seu olhar quando ela se instala em um canto da mesa da sala e começa a escrever poemas em vez de fazer seu dever de casa. Sei o que é isso, escrever poemas com seis anos. Sei que todo dia de manhã eu a abandono àquilo que ela não é, àquilo que pedem para ela ser e que nunca será, àquilo que não quer ser, àquilo que não pode ser, àquilo que nunca lhe pedirei para ser. Eu a conheço. Conheço seu sorriso quando lhe conto que, quando eu era criança, matava aula, era desobediente, era punido pelos meus atrasos todo dia de manhã e pelas minhas besteiras todo dia à noite. Conheço seu olhar quando conto como eu fugia e ia roubar nos campos e nos pomares, como, à noite, eu chegava todo sujo das minhas aventuras, sem me importar com as broncas. Conheço a faísca em seus olhos quando falo sobre os banhos improvisados na primavera, na água ainda gelada do lago, as acrobacias nas árvores e as armadilhas improvisadas para caçar pássaros e coelhos. Já a percebi olhando para o pé de jasmim da sacada. Vi como ela observa os primeiros botões e a delicadeza com a qual acaricia as primeiras pétalas. Quando compro novos vasos de plantas, ela me pergunta o nome de cada uma delas e em que estação florescem. Na primavera, ela pega delicadamente os primeiros folíolos entre seus dedinhos, tomando cuidado para não amassá-los ou arrancá-los. Quando colhe um buquê de flores silvestres, não gosta de vê-las murcharem e às vezes se arrepende por não ter deixado as flores na terra. Eu também observo como ela desvia o olhar das pessoas quando estamos passeando no calçadão à beira-mar, preferindo contemplar o horizonte e as ondas.

Eu a vi, como eu, em um esforço desesperado, fazer se passar por uma dos outros, do grupo, fingir que pertence a turma de amigos que não são parecidos com ela em nada. Vejo como seu corpo tem dificuldade em ser como os outros, em se mover ao ritmo deles. Eu a vi puxar suas camisetas para esconder suas curvas suaves. Eu a vi incomodada por esse corpo do qual ela não gosta e que eu tanto amo. Sim, eu a conheço, acho. Sei o quanto essa mochila pesa em seus ombros únicos. Sei o que significa quando ela me diz que a professora a odeia. Eu as conheço, conheço todas essas pessoas que pedem para ela se igualar. Sei para o que ela está sendo preparada. Já reparei seus desenhos rabiscados em folhas soltas no fundo de sua mochila, que ela deve fazer enquanto a professora pronuncia seus longos discursos glorificando a disciplina e a obediência. Sei que, na primeira oportunidade, ela deve invocar uma vontade de tomar água ou de ir ao banheiro para andar sozinha nos corredores da escola, concedendo-se uns minutos de descanso, para ficar sozinha, não estar mais entre eles, não ter mais que ser eles, não ser mais julgada, corrigida, moldada. Sair da sala para, por um instante, se tornar uma fada, uma princesa, um apache, uma dragoa ou uma fênix planando no céu da escola e olhando tudo isso de longe, muito longe, do alto, muito alto. Não sei o que fazer para aliviar o peso que ela carrega em seus ombros pequenos. Não sei o que fazer, nem o que dizer. Não tenho muito talento para falar, muito menos para tranquilizar. A única coisa que sei é fingir que está tudo bem e contar duas ou três piadas. Não sirvo para nada, essa é a verdade.

Seguro seu ombro com firmeza, não estamos longe da saída. O barulho ambiente é tão esmagador que não escuto absolutamente nada do que ela tenta me dizer. As crianças gritam, os carros buzinam, o pulso ensurdecedor da cidade bate tão forte, o sangue circula tão rápido em suas artérias que o barulho se espalha em cada pequeno átomo de ar em nossa volta. Não quero que ela veja as grandes gotas de suor aparecendo em minha testa, não quero que ela perceba a que ponto as costas da minha camisa estão encharcadas. Não quero que ela saiba que ontem meu coração quase explodiu mil vezes em meu peito no longo caminho que me separava da sua escola. Quero ser uma rocha, uma montanha. Gostaria de ser corajoso, inabalável. Não quero que ela saiba que eu também tenho medo à noite, que eu também, às vezes, fico triste. Que, quando era criança, também achava a minha mochila muito pesada de carregar. Não quero que ela sinta o tom submisso e minha voz tremendo todas as vezes que respondo aos milicianos, em cada *checkpoint*, cada controle, cada esquina. Não quero que ela veja minhas mãos que tremem quando abro o porta-malas do carro a cada revista. Não quero que me veja abaixar a cabeça toda vez que alguém passa na minha frente em uma fila. Não quero que veja os cabos das armas saindo das calças deles. Mas, o mais importante de tudo, não quero que ela ache que, um dia, sua mão poderá me escapar novamente. Nunca mais me escapará.

Eu olho e verifico, inúmeras vezes, que sua pequena mão, macia e quente, está bem agarrada ao meu dedo. Às vezes, examino sua mão que conheço tão bem, a reconheceria entre mil. Conheço cada covinha de suas costas, cada pequena unha lisa, conheço sua umidade e cada pequena falange de cada pequeno dedo. Conheço melhor sua mão esquerda do que a direita, é a que está, firmemente, segurando meu dedo. Acho que ela sabe que eu preciso tanto da sua mão quanto ela precisa da minha. Acho que ela sabe que eu só sou bom em dar as mãos. Às vezes ela pega meu dedo e puxa-o, abrindo o caminho, então sigo-a, sorrindo, e digo para mim mesmo que, no final das contas, nossos caminhos são provavelmente os mesmos caminhos, abruptos, sinuosos, caminhos difíceis para os quais acumulamos forças para o percurso, brincando e comprando plantas em vasos que vemos crescer.

Quando ela abre o caminho e puxa meu dedo, penso comigo mesmo que gostaria de segui-la, pois ela deve saber aonde ir muito melhor do que eu. Olho para ela e penso que, talvez, nem tudo já esteja perdido. Da noite para o dia, essa guerra vai ter que acabar, é só uma questão de semanas, alguns meses no máximo. Não pode ser de outra forma, não tenho força para que seja diferente. Porque ela não vai crescer nisso, não é uma opção. Porque seis anos de guerra já é tempo demais. Vou continuar lhe dizendo que nada disso é grave, que ela está certa em não chorar, que não estamos correndo risco e que essa grande bagunça não é da nossa conta. Acho que não preciso falar disso, amanhã iremos comprar um vaso de manjerona para substituir a que murchou e tomaremos um sorvete.

Diariamente, à noite, encontraremos forças para esquecer o que aconteceu durante o dia e toda manhã acharemos uma manobra para esquecer a noite que passou. Acho que o esquecimento é a melhor das soluções, estou desenvolvendo um tipo de superpoder no que se trata do esquecimento. Trabalho para apagar da minha memória todas as imagens que me incomodam, que não aguento mais ver. Só guardo as lembranças de antes, antes de quando tudo isso começou. Forço minha memória. Olho para sua mão e penso que nada disso é grave, que é passageiro, que não vai durar. O país vai sair dessa. Repito para mim mesmo que nem tudo acabou porque ela e seu irmão são parte da equação. As mãos deles, por si só, bastam para que nem tudo esteja perdido. Olho suas mãos que conheço tão bem e quero acreditar que esse país em que eles nasceram não está completamente morto e enterrado, pois ainda é capaz de dar à luz a pequenas mãos macias e cílios sem fim. Ainda sobram coisas do país que conheci porque é aqui que eles estão crescendo. Essa ainda é minha cidade porque eles estão aprendendo a andar de bicicleta em suas ruas. Não pode estar tudo perdido, tudo manchado porque, cada manhã, no ar ambiente, não há apenas um cheiro de pólvora. Há, também, uma mistura sutil dos cheiros deles ao acordar e de aromas de café.

BEIRUTE, 1984

CHEGANDO EM FRENTE AO PRÉDIO, a primeira coisa que me passa pela cabeça, como sempre, é: será que tem energia, ou não? Se ainda estiver sem energia, precisarei subir a pé. Eles cortam a energia cada vez com mais frequência, pelo menos metade do tempo, e muito poucos prédios têm geradores elétricos suficientemente potentes para fazer os elevadores funcionarem. Quando ele abre o portão, o suspense está no máximo. Imediatamente olho para o elevador e percebo que nenhum indicador de andar está aceso. Então, farta, digo que fico embaixo, que não, não subirei os nove andares a pé. Ele tenta me convencer, como sempre, emocionado pelo meu beicinho, eu a ponto de chorar. Ele fala que subiremos esses andares de dois em dois, que pararemos, que levará minha mochila. Tenta me convencer a subir esses nove andares com meu irmãozinho e ele, como for possível. Minha raiva é imensa. Não gosto nem um pouco de seu tom divertido e não lhe devolvo nenhum de seus sorrisos brincalhões. Parece que a gravidade da situação está lhe escapando totalmente, o que só aumenta meu ressentimento. Saio do saguão e vou me sentar no primeiro degrau da escada externa, que dá para a rua. Deixo minha cabeça cair pesadamente até ela tocar meus joelhos e digo para ele subir sozinho, eu fico aqui, ele está perdendo seu tempo tentando me convencer. Ele passa um momento tentando me persuadir, depois pega minha mochila e diz que me espera lá em cima.

Fico longos minutos a resmungar baixinho, sentada ali, no degrau. Amaldiçoo mil vezes essa maldita energia, com suas quedas intermináveis e diárias, que, além de nos obrigar muitas vezes a subir nove andares a pé, quando anoitece, nos obrigam também a nos iluminar com simples velas, seus reflexos e sombras convocando todo tipo de fantasmas, bruxas e outras criaturas maléficas da noite. Como se eu já não tivesse medo o suficiente assim, sem essas malditas quedas de energia. Estou firmemente decidida a ficar embaixo o tempo que for necessário. Gostaria de, finalmente, ficar entre as paredes da minha casa e encontrar a calma depois da minha jornada na escola. Estava com pressa de voltar e de esquecer o inferno da sala de aula. Fico sentada lá, no meu degrau, e aguardo. Começo a sonhar, olhando o marmoreado dos degraus brancos e a ver neles, como sempre, mil e uma formas se desenhando. Formas ora engraçadas, ora assustadoras. Posso passar longos momentos nesses degraus sem nunca ficar entediada. Às vezes até gosto de ficar ali, sozinha, finalmente liberada de meus colegas de escola e de meus professores. Não estou na escola, e isso já é alguma coisa. Preferiria estar em casa, mas vou me contentar com o degrau. Tenho dever de casa para fazer, mas ele pode muito bem esperar a volta da energia, não tem pressa, até porque não estou muito a fim de fazer o dever. Isso reforça minha decisão de ficar embaixo.

Verifico em meus bolsos se tenho duas ou três moedas para ir comprar chips ou pipoca na mercearia da frente, mas, como sempre, não tenho nada, ou não tenho o suficiente. Na maior parte das vezes, já gastei tudo na pequena mercearia em frente à escola. Não tem cantina e nunca chegamos em casa antes das 15 horas. Minha mãe embrulha um lanche em nossas mochilas para o intervalo do meio-dia. Os lanches de minha mãe são um poema. Minha mãe inteira é um poema. Mesmo assim, estou sempre com fome na saída da escola. Estou sempre com fome. Toco no interfone que funciona mesmo quando não tem energia, e confirmo que não, não subirei, mas, se uma boa alma pudesse me jogar dinheiro pela janela, seria bem-vindo. Digo que é para a pipoca, que não ligo se é ruim para a saúde, e ainda reafirmo que não, não subirei. Ao final, consigo obter uma notinha e, na mesma hora, atravesso a rua e vou apagar minha raiva comprando algo para beliscar. Às vezes, tenho dinheiro suficiente para comprar algo bom e um pouco mais caro, mas como sempre prefiro a quantidade à qualidade, acabo levando o maior número possível de itens. Talvez seja menos gostoso, mas compro mais. Volto rápido para meu degrau e começo a comer minha pipoca, procurando esquecer meu dia de escola e verificando, de vez em quando, se o elevador voltou a funcionar ou não.

A pipoca me ajuda a esquecer. Penso em meu dia e tento apagar da minha memória, um por um, todos os eventos ou palavras que me chatearam, mastigando, uma mordida após a outra. Toda vez que minha tristeza tenta fazer as lágrimas subirem até meus olhos, eu as mando descer com uma mordida de comida. Engulo e faço descer a bolinha na minha garganta até a parte mais profunda da minha barriga. Penso de novo na fulana que teria zombado da minha aparência, das minhas roupas, ou de sei lá mais o quê, no fulano que teria esbarrado em mim ou me batido, e engulo. Penso de novo nos recreios sem fim e, um por um, os apago. Me vejo lá no pátio contra o muro, olhando de longe os outros brincarem e gritarem. Me revejo pensando que não sou normal, que o problema não é eles, sou eu. Assim, afinal talvez não seja culpa de ninguém, e a única coisa a se fazer é esquecer. Já que eles são muitos a serem parecidos, provavelmente são normais e eu estranha. Há uma lógica nisso tudo. Eles devem ser mais inteligentes, sabem fazer mil e uma coisas que não sei fazer, sabem falar melhor, se mexer melhor, pensar melhor, se vestir melhor, se pentear melhor, brincar. Tenho certeza que eles não têm medo da noite, que não têm pesadelos e que, de manhã, não têm bolinha no estômago. Eu os imagino em casas lindas, com pais lindos, quartos bem decorados e bem-arrumados. Digo para mim mesma que, na casa deles, não tem queda de energia, corte de água, guerra, eles nunca se mudam e têm um monte de brinquedos de última moda. Mastigo, engulo e penso que existe uma lógica para minha solidão, que é uma vala intransponível nos separando. Pode ser que eu esteja muito melhor sozinha. Mastigo, engulo e faço as imagens desfilarem uma por uma. Me concentro em cada uma delas, fechando os olhos e apertando fortemente os punhos cerrados. Entro em guerra contra minha memória, sentada no degrau, e sei que amanhã será necessário voltar, e depois de amanhã também, e no dia seguinte. A única solução que achei para tudo isso é o esquecimento. Farei as imagens desfilarem, todos os dias, com a missão de destruí-las. Há meses, passo muito tempo nisso e acredito que, treinando, logo terei um superpoder, um talento secreto, no que se trata de esquecer.

Mais uma vez, toco no interfone: "Continua não funcionando, não quero nem saber, vou continuar aqui embaixo!" – "Como quiser", ele responde, rindo. Ao adivinhar seu sorriso e seu tom animado, embarco numa raiva maluca, "não tem graça! Vou continuar aqui, estou falando sério!" Fico mais emburrada ainda, decidida a esperar o tempo que for necessário. Olho para os pedestres desfilando na rua, os camelôs, as crianças brincando de guerra e os mendigos cantando de forma estranha. Há sempre dois ou três gatos de rua embaixo do prédio que se aproximam de mim na esperança de receber um pouco de comida. Devem estar sujos e cheios de pulgas e carrapatos, mas deixo que se aproximem e se esfreguem em minhas costas, ronronando. Dou para eles duas ou três pipocas e eles não se fazem de difíceis, mas não comem. Brincam com elas, fingem estar caçando, como se as pipocas fossem um pássaro ou um rato com os quais brincariam antes de levá-los à morte.

À minha esquerda, tem um vaso de plantas muito bem-arrumado. Lá tem uma planta dando flores imensas, vermelhas, em formato de trompete. Vez por outra, pego uma ou duas delas para observá-las mais de perto. Gosto de olhar plantas e flores de perto. Acho interessante. Nelas se desenham mil coisas que só podem ser vistas de muito perto. Observo os pontinhos de pólen amarelo, os estames, o caule fino e um pouco peludo. Acaricio as grandes pétalas de veludo vermelho e as amasso entre meu polegar e meu indicador. Sempre acabo me arrependendo de ter colhido as flores, fico pensando que elas eram muito melhores onde estavam, na planta, e que agora estão condenadas a murchar rapidamente. Com frequência, guardo-as para levá-las para casa mais tarde e colocá-las em um pequeno copo de água, mas, outras vezes, as estraçalho imediatamente em pedacinhos, que espalho nos degraus de mármore branco. Fica bonito esse veludo vermelho espalhado no mármore branco, uma pena que as pétalas desapareçam nas vassouradas do zelador que, todo dia de manhã, lava os degraus com um balde cheio de água com sabão. Às vezes, quando me arrependo de ter colhido as flores, guardo cuidadosamente caroços de cerejas ou sementes de maçã ou de laranja em meus bolsos e desço para plantá-los no grande vaso. Passo em frente várias vezes ao dia para ver se nasceu alguma coisa, mas nunca vi minhas sementes germinarem. Também guardo algumas para semeá-las no terreno baldio ao lado do prédio, onde muitas vezes vou brincar com as crianças do bairro.

O zelador mantém muito bem os grandes vasos de flores. Nunca tem nada murcho ali e eu o vejo regar as plantas com frequência.

Acho que ele tem bom gosto, as plantas que ele escolheu são lindas e ficam bem juntas. O conjunto é harmonioso e fica fácil adivinhar que a pessoa que as escolheu e cuida delas deve amá-las muito. É muita gentileza do zelador querer que o prédio fique bonito, deve lhe dar muito trabalho. Gosto do zelador, percebi que gosto das pessoas que amam as plantas. São as mesmas que gostam de se lembrar de quando eram pequenas. Deve ser por isso que gosto dos velhinhos, eles costumam ter plantas e adoram contar suas lembranças. O zelador deve ter muitas lembranças porque plantou muitas flores e plantas nos grandes vasos. De vez em quando, brinco com suas filhas e elas me convidam para entrar no seu alojamento, no qual a família toda mora e dorme no mesmo cômodo. Acho que eles têm sorte em dormir todos juntos em colchões, devem sentir menos medo durante a noite. Eu também gosto de dormir direto no chão.

Olho para os pedestres, que nunca me parecem conhecidos, e me pergunto por quanto tempo ainda ficaremos neste apartamento. Os rostos do bairro não me são familiares, só moramos no prédio há alguns meses. Tempo suficiente para reconhecer alguns garotos da rua, mas ainda não para memorizar os rostos dos adultos. Tempo suficiente para conhecer o dono da mercearia da frente, mas não todos os comerciantes da área. Não sei quanto tempo ainda ficaremos aqui, são amigos dos meus pais que, tendo fugido temporariamente para sei lá qual país do Golfo[1], nos emprestaram seu apartamento. Fica em um dos bairros chiques de Beirute, perto do mar, o prédio é do tipo alto padrão e bem-cuidado. Chegamos aqui com muito pouca bagagem e poucos objetos nossos. A última lembrança que tenho de nosso antigo apartamento é a parede do fundo do meu quarto, que, agora, dá para a casa dos vizinhos. Lógico que saímos. Não peguei nada das minhas coisas e dos meus brinquedos, mas tudo bem. Me divirto com os brinquedos das crianças que moravam neste apartamento antes de mim. Lembro de minha alegria quando descobri, ao chegar, em um armário, a cozinha planejada completa da Barbie, com uma pia de cuja torneira escorre água de verdade e uma máquina de lavar roupas

[1] O Golfo em questão é o Golfo Pérsico, e o país do Golfo ao que o texto se refere pode ser o Kuwait, Bahrein, Omã, Catar ou qualquer um dos Emirados Árabes Unidos. (N. do T.)

com pilhas, que, se colocar água e um pouco de sabão, pode funcionar como uma de verdade. Foi do que eu mais gostei nesse apartamento, isso e a grande mesa da sala de jantar, embaixo da qual meu irmão e eu brincamos de mecânicos que consertam um carro. Deitamos embaixo, de costas, como os mecânicos debaixo dos carros, e passamos horas brincando, fazendo de conta que estamos consertando a mesa com nossas ferramentas de plástico.

Já que agora moramos em um bairro chique, o ônibus escolar passa para nos pegar todo dia de manhã e nos traz de volta à noite, o que não acontecia quando morávamos na periferia sul. Todas as manhãs, muito cedo, meu irmão e eu esperamos o ônibus embaixo do prédio, vestidos com nossos aventais coloridos. Cada sala tem seu código de cor. Meu avental do primeiro ano era rosa, e este ano – estou no segundo ano – ele é azul-turquesa. Estou feliz por ter passado para o segundo ano, prefiro o azul ao rosa. Daqui a três meses, estarei no terceiro ano, e lá é ainda melhor, os aventais são azul-bebê. No ônibus, cada aluno tem um assento que lhe é atribuído. Os queridinhos do motorista sempre sentam na frente e os outros se organizam entre si para saber quem senta onde nos assentos do fundo. Não sou idiota, sei muito bem que os alunos cujos pais entregam envelopes ao motorista estão sempre na frente, são sempre os mesmos. Me lembro que um dia fiquei com vontade de sentar em um assento vago na frente e fui mandada para o fundo bem depressa. Você precisa merecer seu lugar na frente. Nós sempre estamos atrás, o que não nos incomoda muito, é bem melhor para bagunçar, para escapar à vigilância do motorista. Os alunos da frente são sempre quietos e silenciosos. Estão sempre bem-arrumados e bem-penteados, mesmo depois do longo dia de escola. Até seus sapatos ficam limpos. Eles são a elite das crianças, não somos do mesmo time. O motorista sempre fala com eles com muita gentileza, com um tom manso, mesmo que estejam errados. Para mim, tanto faz, afinal estou muito bem no fundo.

Estou sentada no meu degrau e fico pensando que amanhã terei de voltar, de novo, para a escola. Rezo para que os bombardeios se intensifiquem e que as escolas fechem. Sei que vou ter que voltar lá, todo dia, e fingir da melhor forma que puder. Penso no amanhã, sentada ali no meu degrau, a mão mergulhada no meu saquinho de pipoca. Preciso parar de ser punida todos os dias, fingir que estou escutando e participando, ficando ali, tranquila e calma, em um canto da sala, escondida do jeito que for possível, sem pedir para sair a cada dez minutos.

Minha bolinha no estômago e eu nos faremos companhia. Já nos acostumamos uma com a outra. Ela acorda comigo todo dia de manhã e adormece comigo toda noite. Ela me acompanha o dia inteiro e me diz o que posso ou não posso fazer. Me acostumei com sua presença, às vezes até a esqueço, então começo a sorrir ou a rir, começo a brincar, a correr, a conversar um pouco com os outros, mas nunca por muito tempo. Geralmente, minha bolinha e eu não conseguimos fingir muito bem. E quando eu me animo um pouco demais, ela logo puxa minha orelha. Ela está aqui, comigo, no meu degrau, e pede outro saquinho de pipoca, então abro outro.

Ficamos vendo a vida de longe, minha bolinha e eu, vendo as pessoas passando na rua e gostamos de imaginar suas vidas, suas personalidades, suas casas. Às vezes, ficamos nos perguntando por que alguns carregam uma arma na cintura já que não são soldados, e são muitos. Às vezes, o cabo da arma nem passa para fora da calça, mas a vemos bem, minha bolinha e eu, sob as camisas. Nada nos escapa. Olhamos para os muros da rua, cobertos de retratos de mártires caídos por este ou aquele partido, por esta ou aquela milícia. Não entendemos, minha bolinha e eu, muita coisa a respeito desses retratos, achamos eles feios, eles nos assustam. Nós nos perguntamos por que nunca tem mulheres e quem são todas essas pessoas, que parecem tão importantes, já que colam seus retratos na rua. Só sabemos que morreram e que são chamadas de mártires porque está escrito e sabemos ler muito bem. Também gostamos de olhar os sapatos das pessoas passando e seus penteados. Podemos ficar horas sentadas ali, nesse degrau, minha bolinha e eu, não ficamos entediadas, olhamos para a rua, nos fazemos companhia e comemos pipoca. Quase chegamos a gostar desses momentos, quando é de tarde, quando ainda não é de noite.

Fiz dois ou três amigos no bairro. Às vezes brincamos de amarelinha, de bola, e aprendemos a andar de bicicleta sem rodinhas. Mas, na maioria das vezes, não estou com vontade de vê-los. Sobretudo quando estou no meu degrau, não gosto de ser incomodada. Quando crianças do bairro chegam para conversar e me chamam para brincar com elas, digo que não estou com vontade, ou que estou ocupada e que só estou esperando o elevador voltar a funcionar para subir. Às vezes crianças que eu ainda não conheço chegam perto de mim para me conhecer e, para essas coisas, não tenho mesmo muito jeito. Assim que vejo uma criança que não conheço se aproximar de mim, sinto minha bolinha dobrar de tamanho na minha garganta. Tento fingir que estou ocupada, que não a vi se aproximar. Rezo ao céu e à terra para ela passar sem me perturbar. Não quero dizer meu nome, nem minha idade, nem em que escola estudo. Na maioria das vezes, antes de me perguntar meu nome, elas me perguntam sobre minha religião. Como na escola, a mesma cena se reproduz todas as vezes. Como sempre, não faço a menor ideia do que elas esperam de mim e não sei o que responder. Para essa pergunta, se sou cristã ou muçulmana, não tenho resposta. Não sou nem cristã, nem muçulmana.

Sei que a família de minha mãe é um pouco cristã e a de meu pai, um pouco muçulmana. Alguns frequentam a igreja às vezes, e outros fazem o Ramadã[2] ou coisas desse tipo. Meus pais não acreditam em Deus. Às vezes até os escuto dizer palavrões falando em Deus. Sei lá o que responder. Bastaria dizer, dizer a verdade, mas toda vez que escuto essa pergunta, fico petrificada de medo, incapaz de dar qualquer resposta. Quando elas insistem, respondo que não sou "nada", ao que elas retrucam que é impossível, sou obrigatoriamente um ou outro, está até escrito nos documentos de identidade. Tento sair da situação dizendo que não sei. Isso é subestimar a determinação dos adversários. Elas sempre insistem e então me perguntam meu sobrenome, o nome de meu pai e, se não for suficiente, me interrogam a respeito de meus avós. No entanto, qualquer que seja minha resposta, ela nunca as satisfaz. Além do mais, sei que, dependendo de onde nós nos encontramos, Beirute Oeste ou Beirute Leste, Líbano Norte ou Líbano Sul, esta ou aquela rua, não se espera de mim a mesma resposta. Não existe uma resposta-padrão que eu poderia dar sempre que uma criança me pergunta isso. Quando um adulto me interroga

[2] O Ramadã é o nono mês do calendário islâmico, que se baseia nos ciclos da Lua. Os muçulmanos acreditam que nesse mês, no ano de 610, o profeta Maomé recebeu a revelação da palavra de Alah. Trata-se, portanto, de um mês sagrado, e por isso a maioria dos muçulmanos faz jejum do nascer ao pôr do sol. (N. do T.)

sobre minha religião é ainda pior, fico ainda mais assustada. Pode ser o padeiro da esquina, o motorista do ônibus, o dono da mercearia, qualquer um. Tenho a impressão de que, se eu não der a resposta certa, a situação poderia ficar ainda mais complicada do que com as crianças. Então não respondo, finjo que sou idiota e saio da situação o mais rápido possível.

Não sou boba, essa não é uma pergunta banal, não é uma dessas perguntas que se faz para quebrar o gelo, conhecer alguém, começar uma conversa. Tenho sete anos e meio, sou grande, sei que essa pergunta é importante para quem a faz, que minha resposta terá consequências importantes. Sei que está acontecendo algo chamado guerra civil, já escutei essa expressão várias vezes, a escuto sempre, mas não sei exatamente o que significa. Sei que tem adultos maus, mas não sei ao certo quem são. As crianças não parecem perigosas, mas também não são simpáticas. Sei que tem perigo e barulho de tiroteio e de bombas. Não sei ao certo o que está realmente acontecendo, mas tem pessoas matando outras pessoas. Tem mortos. Todos os dias. Sei que os cristãos e os muçulmanos estão em guerra e se matam entre si, dentro das próprias religiões. Então, sei que é sério, não posso dar a resposta errada. Minha mãe apresenta ora seu documento de identidade cristão, ora seu documento muçulmano. Segundo o lugar, segundo a situação, segundo não sei bem o quê. Sei que é necessário mentir. Não sei mentir muito bem, nunca tive talento para isso. Mesmo que pudesse e quisesse mentir, não saberia o que dizer. Sei lá se é um cristão ou um muçulmano que está me fazendo essa pergunta. Se eu dou a resposta errada, pode ser que algo grave me aconteça, especialmente se for um adulto me perguntando. Com as crianças não é tão grave, mesmo assim tenho medo quando elas me perguntam. Não confio. Não confio em ninguém. Quando são crianças que conheço um pouco, tenho um pouco menos medo, mas não tenho vontade de responder. Não sou nada. Não quero responder. O que quer que eu diga, não sou como eles. Sinto isso, sei disso. Nunca fiz essa pergunta para ninguém.

Ontem fiquei com vontade de lhe perguntar o que eu devia responder nesses casos, mas acho que ele também não sabe. Acho que é complicado e que os adultos não gostam de explicar para as crianças o que é complicado, ou de conversar com elas sobre assuntos tristes.

Não gostamos muito de falar do que é triste, ele e eu. Sempre digo que está tudo bem, que meu dia foi bom, sempre respondo que sim, que brinquei com as crianças do bairro. Pensei em lhe perguntar o que devia responder a todos esses garotos, mas sei que não levamos muito jeito para conversar dessas coisas. Vou continuar fingindo ser uma menina idiota e, com o tempo, com certeza vou conseguir elaborar uma estratégia para que eles me deixem em paz.

Quando acabo de comer tudo o que comprei na mercearia, o tempo começa a ficar longo. Continuo a amaldiçoar as quedas de luz e os elevadores, mas, já que estou sozinha faz um bom tempo, começo a ficar com medo e penso em meu irmãozinho me esperando lá em cima. Minha mãe tem duas profissões, jornalista e professora de francês, e por isso às vezes ela chega mais tarde. Meu irmão e eu aproveitamos quando ela não está para fazer um pouco de bagunça. Levanto para ver se o elevador continua não funcionando. Toco no interfone: “Bom, estou subindo, mas essa é a última vez.”

BEIRUTE, 1985

ELE NÃO FALA MUITO. Quase nunca fala, ou fala muito pouco. Só fala para dizer algumas banalidades e fazer algumas piadas. Ele forma frases pequenas, pontuadas por longos silêncios, e nunca levanta a voz. Quando lhe faço uma pergunta, ele sempre inspira de leve antes de responder. Gosto quando os adultos tomam dois segundos para pensar antes de responder. Acho elegante gente que não se precipita, que tem tempo para refletir, que não tem pressa, que conhece a importância das palavras. Além da delicadeza, essas pessoas me passam a impressão de levar minha pergunta a sério apesar da minha idade, em vez de tentar se livrar da minha curiosidade o quanto antes. Sua voz suave, a economia de palavras e esses dois segundos de inspiração antes de responder são, acho eu, uma espécie de graça.

Gosto quando ele está calmo e não fala muito. Eu o prefiro assim, em vez de quando profere frases com toda velocidade, entusiasmado, quando vai aumentando a voz, essa voz que nunca aumenta. Não gosto quando ele está com um sorriso estranho, um hálito bizarro, e que suas mãos grandes vêm me apertar desajeitadamente para me tranquilizar. Quando ele fala devagar, me dá abraços muito pudicos e nunca me aperta demais. Dá um beijo na minha mão ou afaga minhas costas. Quando está estranho, ele aperta com mais força e eu não gosto. Quando está assim, desvio o olhar. Não me detenho em suas mãos, não olho mais para seu corpo, não escuto mais sua voz. Quando seus olhos brilham, ele perde a elegância e não é mais aquele que eu conheço, não estamos mais juntos e prefiro ir brincar no meu quarto ou assistir televisão. Posso ser bem pequena, mas percebo imediatamente quando ele está estranho ou não.

Gosto quando ele não fala, quando é de tarde e o aroma do café perfuma a casa toda. Quando não estou brincando com meu irmão, sento perto dele e o contemplo enquanto escreve. Sento na mesa da sala de jantar e o observo, sentado em sua mesinha perto da janela, o olhar sempre voltado para fora. Conversamos pouco e nós dois gostamos dos silêncios da tarde, acho. Ele escreve muito, talvez seja por isso que fala pouco, por causa das milhões de palavras que usa em seus livros. Ele organizou seu cantinho perto da sacada. Na mesinha, sempre há uma xícara de café, um copo de água, um cinzeiro, um maço de cigarros, um isqueiro, uma pequena pilha de folhas escurecidas de letras, uma pilha de folhas ainda em branco, um ou dois livros, uma caneta e, às vezes, o jornal. Eu o vejo fumar um cigarro após o outro. Olho suas grandes mãos peludas, uma segurando o fino cigarro e a outra a caneta, desenhando, incansavelmente, linha após linha, frases que eu imagino serem de suma importância.

Quando ele assume aquele ar compenetrado, fico pensando que o que ele escreve deve ser muito sério. Quando ele está realmente muito concentrado na sua folha de papel, o cigarro encostado no cinzeiro, vejo-o se consumindo sozinho, a fumaça desenhando espirais que dançam em cima do seu corpo. Com frequência, sua mão para repentinamente de escrever e então ergue a cabeça para olhar o horizonte com ar pensativo, emite um suspiro quase imperceptível e, imediatamente, retoma sua postura inicial para escrever ainda mais. Parece tão compenetrado que fica muito claro para mim que não devo incomodá-lo. Afinal, pode ser que aquilo que ele escreve seja de uma importância capital. Sei que ele escreve nos jornais, que já escreveu vários livros e que escreve principalmente poemas. Já abri alguns de seus livros na estante e o que encontrei lá foram palavras e frases muito complicadas. Se é tão complicado e se não entendo metade do que estou lendo, é porque deve ser muito inteligente e ele deve ser ótimo. Por isso não gosto de perturbá-lo. Espero que ele faça uma pausa para conversar com ele, o que faz muitas vezes.

De tempos em tempos, ele sai no terraço para fumar um cigarro, regar as plantas, ou simplesmente ficar em pé. Quando eu o sigo no terraço, ele me pergunta se está tudo bem, se estou indo bem no meu dever de casa, e eu, como sempre, respondo que sim, que está tudo bem. Ele não insiste muito na importância de eu me dedicar ao dever de casa e não se preocupa quanto ao meu rendimento na escola, e essa é uma das coisas que mais gosto nele. Me sinto aliviada por ele não me pedir para aprender a usar e escrever palavras tão difíceis quanto as suas. Gosto do fato de ele não falar muito sobre a escola e de não se importar que eu seja a primeira da sala. Um dia, ele me disse que não era para ser o primeiro, que o primeiro da sala é sempre um pouco esquisito. Rimos muito. Para começar a conversa, ele me mostra esta ou aquela planta em um vaso no terraço e me ensina o nome de cada uma delas. Esfrega a mão no orégano ou na manjerona e me estende os dedos para eu cheirar. Sempre digo que é muito perfumado e pergunto quando será a época das ameixas verdes, porque gosto de ameixas verdes, e também porque reparei que ele gosta quando falamos das estações, das frutas, das plantas e das flores. Eu pergunto se tinha ameixas verdes no jardim de minha avó, percebi que ele gostava de falar da antiga horta da minha avó. É quando cuidamos das plantas da sacada que ele mais lembra da horta da minha avó.

Quando ele fala da horta da minha avó, parece muito feliz e também um pouco triste às vezes. Seu sorriso vai até as orelhas, seus olhos brilham. Ele deve gostar muito de plantas, gosta de me falar delas e reparei que costuma comprá-las. Quando a gente muda de casa, ele compra plantas novas. Elas devem lembrar a horta da minha avó e lhe dar a sensação de estar um pouco em casa. Um dia, perguntei por que nunca íamos na aldeia onde cresceu e ele me explicou que não dava para ir porque era um território ocupado. Não entendi muito bem o que essa palavra significava exatamente. Acho que é o que se diz quando tem soldados que impedem as pessoas de irem para sua aldeia, mas não tenho certeza. De qualquer forma, se não vamos é porque deve ser perigoso ir até lá. Existem muitos lugares perigosos. Não conversamos muito a respeito dessas coisas. Eu lhe pergunto em que estação floresce esta ou aquela planta e em que estação esta ou aquela fruta amadurece. Gostamos de falar sobre essas coisas e também não temos muita habilidade, eu acho, para falar do resto.

Quando ele para de falar, sei que também tenho que parar, talvez ele queira voltar a escrever em sua mesa. Ele se senta em sua cadeira e eu volto para o meu dever de casa, mas, na verdade, em geral eu finjo. Além de detestar fazer o dever, muitas vezes me dedico a uma tarefa que tem muito mais importância para mim. Surrupio algumas folhas em branco, enfio-as no meu caderno e começo, discretamente, a escrever poemas como ele, segurando minha caneta como se fosse um cigarro, entre o indicador e o dedo médio. Me concentro para que minha letra fique bonita e as linhas bem paralelas. O mais difícil, na minha idade, são as linhas paralelas na folha em branco. Reflito um pouco sobre o que poderia escrever e penso que precisa ser romântico e um pouco triste, pois, afinal, é poesia. Escrevo poemas sobre pássaros em gaiolas, sobre o mar no inverno ou sobre meninas tristes que tentam pegar o arco-íris. Coisas assim. Eu o vejo franzindo as sobrancelhas às vezes, e tento usar a mesma expressão e fazer de conta, eu também, que olho para o horizonte de vez em quando. Hoje, decido escrever um poema sobre o mar à noite. Acho que é um bom tema. O que me incomoda são as muitas palavras que ainda não sei escrever e não quero perguntar. Tanto faz a ortografia, afinal o que importa é o sentido.

Quando acabo de escrever meu poema, pego meus lápis de cor na mochila para enfeitá-lo, para que ele fique ainda mais bonito. E também porque gosto de desenhar. Sempre tomo cuidado para deixar espaço suficiente na minha folha de papel para ilustrar o poema. Me esforço para fazer um desenho bonito, sem exagerar no colorido. Às vezes, tenho vontade de pedir para meu irmãozinho desenhar, nunca vi alguém com tanto talento para desenhar, mas como sou a mais velha, isso seria uma vergonha para mim. Assim que acabo, levanto discretamente, sem fazer barulho, e deixo minha obra em um dos cantos da grande mesa. Escolho um canto abarrotado com outros objetos ou cadernos, para que meu poema possa ser descoberto, no acaso de uma mão ao arrumar a mesa, sem que meu truque seja muito óbvio para não ser desmascarada, e que meu plano funcione sem que ninguém perceba que eu coloquei a folha ali de propósito, para que ela seja vista. Coloco-a nem muito em evidência, nem muito escondida. E saio discretamente para brincar com meu irmãozinho ou ler uma história em quadrinhos no quarto, aguçando os ouvidos, ali, agachada, ardendo de impaciência para que minha obra-prima seja descoberta, meu poema trazido à luz e meu gênio revelado. Caso longos minutos se passem sem que nada aconteça, volto para a sala e, o mais discretamente possível, puxo um dos cantos de minha folha para deixá-la um pouco mais visível, tomando cuidado para que, mesmo assim, uma boa metade permaneça escondida embaixo de um livro, jornal ou caderno. Volto para meu quarto e aguardo.

“Oh! Mas que poema mais lindo! Que desenho fantástico!” No começo, como sempre, finjo não ter escutado e então, rapidamente deito em minha cama com um livro, tentando assumir o ar mais casual e indiferente possível. Já corando, aproximo o livro do meu rosto para me esconder atrás dele e adotar um ar extremamente concentrado, os olhos fixos na página que estou lendo. Fico esperando assim e os poucos segundos que passam, antes de ouvir o barulho dos passos no corredor e a porta do quarto se abrir, me parecem horas. Assim que a maçaneta range, grudo meu rosto nas páginas do livro e dou as costas, me encolhendo sobre o colchão. “Olha só! Me diga, o que é isso? É muito lindo, minha querida!” Não gosto nem um pouco da entonação que ele coloca na frase. É a entonação na voz dos adultos quando falam com uma criança bem pequena. Eles adotam um tom animado e uma voz melosa que deixam adivinhar um sorriso bobo e um olhar divertido. Não gosto desse jeito que os adultos têm de falar com as crianças. Também não gosto quando eles acham qualquer desenho extraordinário, magnífico. Dá para ver que mentem, porque exageram. Ele está carregando meu poema na mão. Não demonstro nenhuma emoção e me contento com um “sim, fiz isso rapidinho, agora há pouco”. Então ele acrescenta uma camada de entusiasmo a sua voz, se extasiando com “cores tão bonitas”, depois, aproxima-se da cama para me dar um beijo antes de pegar o caminho da saída, dizendo bem alto, já no corredor, para eu escutar direitinho: “Ah! É maravilhoso! Vou pendurá-lo na geladeira!”

Teria sido melhor eu não ter feito nada. Penso nisso toda vez. “É muito lindo”, é tudo o que ele acha para me dizer. Fico furiosa. Parece que ele não me leva a sério. Escrevi um poema e parece que ele só viu o desenho. Além do mais, o desenho não é tudo isso porque acho muito difícil desenhar o mar à noite. Um poema não é bonito. Muito menos um poema sobre o mar à noite. Na verdade, me esforcei muito para que fosse romântico e um pouco triste, afinal é um poema. Um poema não é uma musiquinha. Um poema é uma coisa séria. Ele sabe disso, senão não ficaria com um ar tão sério quando está escrevendo seus poemas. Ele sabe que um poema é importante. Não consegui que todos os versos rimassem, mas é muito difícil. E talvez não seja tão grave assim se nem tudo está rimando. Tenho oito anos. Sei que um poema não é bonito. Não é a palavra certa para falar de um poema sobre o mar à noite. Não sei exatamente quais são as palavras que ele deveria ter usado, mas essa não é a palavra certa. Ou então tinha que falar outras. Dizer por que o achou bonito. Um poema é emoção, um poema é um tipo de grito, acho. Meu poema é um uivo. O mar à noite não é bonito, é triste e dá um pouco de medo. Dá a sensação de que as ondas estão inspirando quando se formam e que expiram, suspirando de pesar, quando vêm arrebentar e morrer na areia. Acho que os humanos não entendem muito sobre todas essas coisas.

Meu talento não é reconhecido, nunca o será. Tudo o que ele viu é meu desenho bonito que, aliás, não é tão bonito assim. Ele não entendeu o sentido. Não entendeu nada, não leva isso a sério. Não quero que meus poemas sejam bonitos, quero que eles sejam sérios e emocionantes. A poesia é uma coisa séria. Ele poderia ter achado mil coisas para dizer. Queria que ele falasse sobre a emoção. E queria que ele me desse conselhos, para que, um dia, eu possa escrever poemas com palavras tão complicadas quanto as que ele usa nos seus. Talvez a poesia seja o que escrevemos quando não conseguimos chorar como os outros. Talvez seja a solução encontrada pelos poetas para conseguir chorar como os outros, para conseguir mostrar emoção. É para aqueles que não conseguem gritar como meus colegas de sala, e então fazem poemas. Ele, que é poeta e que escreveu um monte de livros, deve saber disso. Ele não pode se contentar em dizer que é bonito. Fico irritada com ele porque gostaria que tivéssemos falado de emoção e que ele me levasse a sério.

Fico deitada na cama, com a certeza de que, possivelmente, meu gênio nunca será revelado ao mundo. Fico um tempinho emburrada no meu quarto, depois, quando o escuto passando um café na cozinha, adivinho que ele vai tomá-lo no terraço, então abandono minha torre de desespero e solidão e vou ao seu encontro. Quando me vê chegar no terraço, sorri e coloca a mão no meu ombro. Ficamos ali, olhando o pedacinho de mar que vemos da sacada, e lhe pergunto em que mês o jasmim que ele comprou ontem vai florescer e se tinha um jasmim na horta da minha avó.

BEIRUTE, 1986

19H40. SÓ MAIS VINTE MINUTOS. Daqui a vinte minutos, a música que anuncia o telejornal vai começar. Em vinte minutos exatamente. Começo a sentir frio, muito frio. Ou calor, não sei ao certo. Tanto faz, meu corpo engrena a contagem regressiva. Como nos filmes de ação americanos, quando o herói assiste à contagem regressiva da bomba e percebe que só lhe restam vinte minutos para desarmá-la. Vinte minutos. Nem um a mais, senão tudo explodirá. Mas acontece que, nos filmes, o herói sempre consegue desarmar a bomba, geralmente quando faltam um ou dois segundos para a explosão. Ele nunca consegue antes dos cinco últimos segundos. Ele tinha vinte minutos para fazer isso, mas não, tem que ser nos dois últimos segundos que restam. Cinco, quatro, três, dois, um e ele corta o fio. Gotas de suor brotam em sua testa e ao longo de seu nariz, e suas mãos devem estar úmidas e trêmulas, como as minhas. Ele inspira fundo e consegue se acalmar e fazer o tremor parar. Corta o fio correto. Sempre. Não tenho fio para cortar para parar o tique-taque do relógio. O que quer que eu faça, a bomba explodirá.

O herói pode fugir. Afinal, ele tem vinte minutos para ir para muito longe da bomba. Em geral, ele não entende absolutamente nada do mecanismo. Fica suando por vinte minutos, esforçando-se para achar uma lógica que o ajude a fazer a escolha certa. O fio vermelho? O fio azul? O herói é corajoso. Na melhor das hipóteses, eu cortaria um fio ao acaso, mas só se todas as pessoas que eu amo estivessem presas neste maldito prédio. Senão, sem dúvida nenhuma, teria fugido no segundo exato em que vi a bomba. Mesmo que a bomba esteja em uma creche, um hospital, uma escola, seja lá onde for. Eu teria sido de uma covardia exemplar, não hesitaria um segundo. Ele, o herói, é valente. Ele quer salvar o mundo. O espectador, esparramado em seu sofá, adora cenas desse tipo. Ele esquece, o tempo que o filme dura, que não é um herói. Esquece que, nesse mesmo dia, passou perto de uma mulher levando um tapa no meio da rua e não disse nada, não interveio, virou a cara, como se não houvesse nada. Esquece que, na véspera, não se atreveu a responder quando alguém o insultou no engarrafamento. Esquece que não defendeu seu amigo, assediado por uma turma de valentões no pátio da escola. Esquece tudo no espaço de duas horas e se torna Rambo. Esquecer, realmente, é a melhor das soluções. Na minha cabeça, há centenas de imagens que sonho em poder esquecer. Com meu superpoder, consegui esquecer milhares, mas algumas são mais difíceis de esquecer, elas se agarram e reaparecem sempre, especialmente à noite.

19h50. Só mais dez minutos. Meu ritmo cardíaco acelera e sinto meu coração pulsar na cabeça. Minha bolinha na garganta triplica de volume quando anoitece. Estou tonta e respiro rápido e mal. Em dez minutos serão 20 horas e eu obedecerei. Não falarei nada. Não tentarei negociar alguns minutos a mais. As crianças negociam muito, fazem birra, se irritam, se recusam, teimam. Eu não. Acho que não sei fazer tudo isso, sou desprovida dessa habilidade. Não sei dizer não, não sei bater o pé, não sei gritar rolando no chão. E não sei dizer que estou com medo. Que é por isso que não quero ir. Não desarmo a bomba, saio correndo. Chegará a hora e eu obedecerei sem dizer nada. Arrastarei meu corpo desobediente, tremendo de medo, até o quarto.

Ele não sabe. Não falo para ele. Nunca lhe disse nada. Ele não sabe o que significa, para mim, abandoná-lo. Não sabe que dormir significa morrer. Dormir também significa uma nova manhã. Manhã significa ir e abandoná-lo de novo. Voltar e passar lá o meu dia inteiro. Ele não sabe. Não sabe que, assim que o sol se põe, todos os monstros e fantasmas acordam e começam a vagar no apartamento, passando de um quarto para o outro. Não sabe dos mortos, amputados à vida, que saem dos armários para vir planar em cima de minha cama. Não sabe dos fantasmas escondidos debaixo da cama. Não sabe da noite. Minha noite. Não sente meu coração batendo na minha cabeça. Não sabe que, mesmo que eu não assista o telejornal, sei de tudo. Escuto tudo, vejo tudo. Não sabe o que significa para mim abandoná-lo à noite. Toda noite.

Ele não sabe o que é para mim me despedir toda manhã e ir para lá. Passar o grande portão cinza e esperar sete horas para poder sair de novo e encontrá-los. E voltar lá de novo no dia seguinte. Todos os dias. Não sabe que três quartos desse tempo não escuto absolutamente nada do que a professora fala. Escondo folhas de papel em todos meus cadernos para poder escrever e desenhar. Sou pega uma vez sim, uma vez não, e passo boa parte do tempo sendo expulsa da sala, vagando nos corredores vazios. Não sabe que eu me faço ser punida pela minha punição porque não temos o direito de vagar pelos corredores, em princípio devemos ficar em pé em frente à porta da sala e esperar a professora nos chamar de novo. Aí eu acabo na sala da diretora, que briga comigo sem que eu lembre uma palavra do que ela fala, de tanto pensar em outra coisa, de tanto não escutar o que ela despeja. É só barulho, nem mais nem menos. Ele não sabe que, mesmo quando não estou de castigo, dou um jeito de poder voltar aos corredores vazios. A toda hora invento uma vontade de ir ao banheiro ou de tomar água para sair da sala e passear sozinha. A professora entendeu meu sistema, acho que por isso, às vezes, me pede para esperar o intervalo. Muitas vezes, me pede para repetir a última frase que ela disse e, como quase nunca escuto, me põe de castigo. Ela me dá um castigo que ainda não entendi muito bem. Ela isola uma mesa em um canto da sala e me manda ficar lá. Aparentemente, ela não entendeu que ficar sozinha é o que eu busco o dia todo. Ela também não entende como consigo tirar notas regulares sem acompanhar nada das aulas. Às vezes, quando tem uma prova, ela me deixa sozinha em uma mesa. Ela acha que eu colo. Acho que ela não entendeu muito bem quem eu sou. Não entendeu que tirar notas boas é a última das minhas preocupações. Como, aparentemente, eu não sirvo, decidi fazer o menos possível, o mínimo, o suficiente só para comprar minha tranquilidade. É só na aula de artes que ainda me esforço. Vou para lá com vontade e não peço para sair da sala.

Ele não sabe. Não sabe o que me pedem para fazer e para ser. Não sabe da minha dor de barriga assim que abro os olhos de manhã. Não sabe que minhas mãos ficam úmidas o dia todo. Não sabe que, várias vezes ao dia, toco minha testa, esperando estar com febre para poder voltar para casa. Eu só queria desaparecer, me teletransportar em um estalo de dedos para qualquer lugar, onde ficaria tranquila, sem ninguém para me interrogar, para me avaliar, para falar comigo. Não tenho nada pessoal contra a professora, só que não gosto desse lugar, não tenho nada para fazer lá. Nunca tive o perfil do mau aluno, daquele que perturba o bom andamento da aula, daquele que se destaca pelas notas baixas. Sou sempre educada, nunca me rebelo. Nunca tenho acessos de raiva e não perturbo meus colegas. A cada punição, sou punida pelo que sou, e não pelo que faço. Minha omissão, minha falta de empenho, minha ausência, parece que são insuportáveis para a professora. Não sirvo. Suponho ser um péssimo exemplo para os outros. Não me pareço em nada com eles. Eu destoo. Não sou nem o bom nem o mau aluno. Nem o muito tranquilo, nem o palhaço. Não me encaixo em nenhuma das categorias às quais os professores estão acostumados.

Tenho medo de todos eles, dos alunos também. Não entendo absolutamente nada, nem o que se espera de mim, nem essas regras bem pensadas e aprovadas por todos. Tanto eu não entendo nada de tão estrangeira que me sinto, que minhas dores de estômago não me dão nenhum descanso. Começou no primeiro ano da escola, no jardim de infância. A angústia subia por dentro de mim já nos primeiros minutos do dia, quando era preciso formar uma fileira antes de entrar na sala. A menor atividade, como sentar em roda e cantar uma música, se tornava uma verdadeira tortura. Nunca conseguia sentar em roda, na mesma linha que meus colegas. Não sabia o que fazer com meu corpo para ter a postura correta, nem onde o colocar para que o círculo ficasse perfeito. Me sinto como um cubo que se tenta enfiar em uma forma redonda e estreita. Pode-se girar o cubo em todos os sentidos, não vai entrar, pode-se lixar um pouco os cantos para arredondá-los, mas continua sendo um cubo. Sou um cubo que eles tentam colocar em uma forma redonda da manhã até a noite. Meus ângulos retos estão, o tempo todo, amassados. A carne de meus cantos está esmagada, mutilada, arroxeada, machucada, um soco após o outro. Ele não sabe, não posso contar. Não sabe o que significa para mim deixá-lo.

Ele não sabe que o recreio é pior que a aula. Três vezes ao dia. Já perguntei se podia ficar na sala e a professora, surpresa, me explicou que além de não ter o direito de ficar, também é muito importante para mim correr no pátio e brincar com meus amigos. Ela usou um tom manso, incomum. Acho que ficou com pena de mim. Era só o que me faltava, pena. Ele não sabe, o recreio, as crianças, os outros.

Muitas vezes ouvi dizer que as crianças eram maravilhosas porque eram inocentes, porque seus corações ainda eram puros. Talvez as crianças sejam puras, sim, em um certo sentido. Elas ainda são matéria bruta, ainda não foram terminadas. Mas, nessa matéria bruta, se encontra toda a substância do que há de pior em nós. Essa substância negra que ainda não abraçou nem a moral, nem a compaixão, nem os tabus, nem as leis da convivência. As crianças são puras, ainda estão, um pouco, no estado natural. Não existe nada mais violento que a pureza e a natureza. Sei disso porque adoro assistir documentários sobre a vida animal na televisão. Na natureza, o fraco é rapidamente eliminado pelas leis da seleção natural.

A seleção natural opera a cada dia, três vezes ao dia, nos pátios das escolas. Assim como as hienas, as crianças percebem muito rapidamente quem é o sujeito fraco, elas o isolam e a matança é sempre coletiva para ser otimizada. É em grupo que se compartilha o banquete. Nisso, a eficácia e a habilidade do predador nos documentários animais são fascinantes: ver a perfeição com a qual a máquina opera nos emociona. Ficamos um pouco tristes pelo pobre gnu, mas, afinal, é preciso que o bando de leões ou de outros predadores se alimente. Nos pátios das escolas, as crianças agem bem satisfeitas. Não há mais nenhuma lógica a serviço da cadeia alimentar. Bem saciadas, elas agem, às vezes várias vezes ao dia. Não é uma caça, é um jogo. Um jogo de dominação através do qual elas definem a posição de cada um na matilha. Precisa-se de sujeitos alfa e é somente através da demonstração de sua força e pela dominação dos outros membros da matilha que o sujeito alfa se define como tal. Não há igualdade possível. As crianças se empenham, o dia inteiro, em definir seus papéis no grupo e seu lugar na hierarquia. Os poucos perdidos que não aceitam as regras, mais cedo ou mais tarde, pagam o preço por isso.

Não sou sequer o sujeito ômega. Definitivamente, não pertenço à matilha. Não sou a presa. Pode ser que eu esteja escondida bem demais, ou então pode ser que nem pertença à cadeia alimentar. Vejo isso de longe, de muito longe, do outro lado do rio. Não sou nem ele, nem ela, nem o outro. Não sou o dominante, não sou o dominado, também não sou daqueles que estão entre os dois. Quanto mais familiares eles me parecem, mais estranhos me parecem e mais me sinto estrangeira. Não sou nem ele, nem ela, nem o outro. Não sou nem cristã, nem muçulmana. Nem do Norte, nem do Sul. Nem do Leste, nem do Oeste. Não canto o nome de nenhum partido, nem o nome de nenhum líder. Não sou nem crente, nem ateia, nem a favor, nem contra, nem daqui, nem de lá. Elas vêm de algum lugar, todas elas. São de uma tribo, um porto, uma terra, um território, uma casa, uma crença, uma opinião, elas pertencem. Elas têm nove anos, mas já são parecidas com seus pais. Entendi bem que elas repetem o que escutam em suas casas. Elas falam um idioma que não compreendo. Participam de uma brincadeira cujas regras não entendi. São elas que, todos os dias, gritam em meus ouvidos o que eu não sou, o que nunca serei. Não sou nem ele, nem ela, nem o outro. Sou o átomo sem molécula. Sou o elétron sem átomo.

Ele não sabe, não posso contar. Ele não sabe da lentidão com a qual os minutos do intervalo passam. Não sabe dos "você é cristã ou muçulmana?", não sabe dos "não sei", não sabe dos "qual é o nome de seu pai?", não sabe dos "deixem-me em paz". Ele não sabe até que ponto acabei memorizando o mais mínimo dos detalhes do muro no fundo do pátio. Conheço a menor manchinha, a menor aspereza. De tanto olhar para ele, tocá-lo, ele se tornou bem mais familiar para mim do que meus colegas. Inventei mil e uma formas de encostar nele. Imaginei mil e uma formas de desenhar em sua superfície. E quando não é o muro, é a árvore, do outro lado do banheiro. Também posso encostar nela. Conheço a superfície do tronco como se eu mesma a tivesse moldado, sei exatamente onde ficam as manchas mais escuras e em que lugar exato a casca forma nós. Conheço os lugares lisos e os lugares ásperos na ponta dos dedos. Sei de cor as sutilezas da paleta de cores da folhagem no outono e o formato de cada galho, logo que as folhas caíram, no inverno. Na primavera, não a deixo mais porque, todo dia, sua folhagem muda. Observo o surgimento dos primeiros brotos e examino atentamente as primeiras folhas, de um verde possível de ver somente alguns dias por ano. Olho para elas, crescendo, dia após dia, praticamente diante dos meus olhos. Olho o vento infiltrando-se nas folhas, fazendo os galhos finos dançarem. Olho a sombra das folhas e as manchas de sol desenhando afrescos vivos no asfalto. Já tentei plantar sementes de maçã no grande vaso ao lado da árvore, mas nada nasceu. Ontem, tentei com caroços de damascos. É ali, naquele mesmo lugar, que aguardo o passar dos quinze minutos.

Quando o sino toca de novo. Porque, pelo menos durante a aula, eles não vêm conversar comigo.

Ele não sabe. Não posso contar. Ele não sabe o que é, para mim, escutá-lo gritar e abandoná-los, ele, a manjerona, o jasmim e a roseira. São 19h59 e daqui a um minuto levantarei do sofá e rebocarei meu corpo, tremendo, até a minha cama. Não direi para minha mãe que quero que ela fique perto de mim até que eu adormeça. Darei boa-noite e atravessarei correndo, de olhos fechados, o longo corredor que leva ao quarto, para não enxergar os fantasmas escondidos nos quartos e no banheiro que abrem para o corredor. Deslizarei na minha cama que eu grudei à do meu irmão e, na mesma hora, fecharei os olhos para não ver a silhueta negra, de pé, ali, no enquadramento da porta do quarto. Tamparei meus ouvidos para não escutá-lo gritando na sala. Fecharei os olhos e cerrarei os punhos com força, fazendo desfilar na minha cabeça cada imagem que eu quero esquecer. Me concentrarei tão bem que talvez essa noite eu consiga.

Quando terminar, fecharei os olhos e rezarei para todos os deuses para que as bombas comecem a cair, para poder sair de meu quarto, para estar com eles, para que nós nos reunamos, os quatro, sob uma manta, no canto da escada, que estejamos juntos, que eu não vá embora, que não partamos, cada um sozinho, para a longa jornada da noite. Para não deixá-los, para que nossos corpos fiquem tão próximos na manta de lã que cada um possa sentir o coração do outro batendo, para que possamos sentir medo juntos, não cada um do seu lado. Rezo ao céu e a todos os deuses para que as bombas comecem a assoviar e a chover como uma tempestade de verão. Uma tempestade que nos lavaria de nossos temores solitários, uma tempestade que nos reuniria. Repito para mim mesma que se os bombardeios se intensificarem, saberemos, por uma noite, do que estamos com medo. O medo de cada um será legítimo, terá o objeto preciso, será lógico. Na emergência da situação, as angústias de cada um se apagariam, cada um colocaria seus medos íntimos de lado para, durante uma noite, sentir um medo comum, o mesmo que o das outras pessoas. As bombas me assustam menos que os fantasmas. Eu me sentiria mais em segurança na escada ou no abrigo com eles do que sozinha na minha cama. Quero que as bombas não parem. Elas assoviariam tão bem que abafariam seus gritos. Não quero dormir. Quero minha mãe.

BEIRUTE, 1986

QUANDO A VI na porta da sala, desliguei a televisão imediatamente. Em um segundo, eu estava de pé, coberto de suor, o coração ameaçando explodir no meu peito. Seu rosto estava lívido e seu pijama encharcado de suor. Ela me olhava com olhos amedrontados, olhos que eu nunca tinha visto nela, sem poder dizer nada. Um som agudo e estridente saía de sua garganta toda vez que tentava inspirar. O ar não entrava mais. Seu corpinho tremia dos pés à cabeça e ela estava lá, sem dizer nada, tentando aspirar o pouco de oxigênio que ainda chegava em seus pulmões. Sua mãe correu para abraçá-la e eu fiquei em pé, petrificado, o controle na mão.

Seus olhos me fixavam, suplicando para eu fazer algo. Eu não era mais nada. Nunca tinha me sentido tão devastado pelo medo. Eu não era nada mais que uma sombra. Eu queria ter sido aquele que mantém a calma e, instantaneamente, sabe o que fazer e em que sequência. Aquele que sabe quais palavras, quais frases e que tom usar para tranquilizá-la. Deveria ter me levantado com calma, ter ido em sua direção para lhe dizer as palavras justas, com uma voz doce e quente. Queria ter sido aquele que sabe lhe dizer para não se preocupar, que, com certeza, não passava de uma crise de asma, que precisava inspirar e expirar bem devagar, que era importante manter a calma. Queria lhe ter dito para não ter medo, saber exatamente o que lhe aconselhar, ter a situação nas mãos. Aproveitar o tempo para afagar suas costas devagarinho e pressionar sua mão, com a força exata, para ela entender que eu estava lá, que eu era forte, que ela podia contar comigo. Queria que nenhum medo fosse perceptível em minha voz e que ela não percebesse nenhum tremor, nenhuma hesitação, nenhuma dissonância.

A caminho do pronto-socorro, queria não ter buzinado o tempo todo pois as ruas estavam vazias, no meio da noite. Queria ter sido daqueles que sabem desdramatizar as situações e agir com comedimento e ponderação. Queria ter tido calma e sangue-frio à toda prova. Queria ter tido todas as qualidades das quais ela precisava naquele exato momento. No carro, ela começou a respirar melhor. Os sons agudos na inspiração tinham desaparecido quase totalmente. Eu me virava a cada dez segundos para verificar como as coisas estavam. Era ela quem me tranquilizava todas as vezes, com um sorriso tímido. Ela que tomava o cuidado, que fazia o incrível esforço de sorrir para acalmar meu pânico. Ela me olhava com seus olhos ainda úmidos de lágrimas e sorria. Eu deveria ter sido a montanha, o rochedo, o guerreiro. Eu é que deveria ter sorrido e dito para ela não se preocupar. Eu que deveria ter lhe mostrado que estava presente, que nada podia lhe acontecer. Deveria ter sido uma obra-prima de força e virilidade. Devia ter sido o macho alfa, destemido, inabalável.

Só os neons e o silêncio do pronto-socorro já bastam para nos mergulhar em pleno pesadelo. No Hospital Americano[3], eles reservam um tempo para tranquilizar você, para explicar o processo e dizer que o necessário será feito na hora certa. No Hospital Americano, paga-se, paga-se caro. A prestação está de acordo com a conta. O comportamento dos médicos está diretamente relacionado à sua remuneração. Não são como os prontos-socorros dos hospitais públicos, com seu lote de pobres amontoados na sala de espera, de esquartejados chegando, esvaindo-se em sangue nas macas. Há poucas pessoas. A calma e a limpeza do lugar, seu lado higienizado, longe de acalmar meu pânico, me deixavam ainda mais nervoso. Sua mãe acompanhou-a, enquanto fiquei em uma cadeira da sala de espera, incapaz de me mexer, escutando o barulho da minha própria respiração frenética.

Não sou útil nesse tipo de situação. Não sirvo para nada. Só o cheiro do hospital já me dá vontade de sair correndo. Cheira à doença e à morte. Ao menor pensamento de que ela pode ter algo grave, em vez de fazer perguntas para os médicos, de enfrentar a situação com

---

[3] O Hospital Americano de Beirute é o centro médico da Universidade Americana de Beirute. Fundado em 1902, é a mais conceituada instituição hospitalar de todo o Oriente Médio. (N. do T.)

firmeza, de acompanhá-la, de segurar sua mão durante os exames, tenho vontade de sumir. Tenho vontade de levantar e ir embora. Esperar em outro lugar. Não enfrento. Não sou eficiente. O medo me deixa impotente. O medo me deixa aleijado. Ela não precisa de um aleijado. Minha presença não ajuda em nada e não há ninguém mais exemplar que sua mãe nesse tipo de situação. Estava com vontade de sair, mas não podia aceitar ser tão aleijado, tão monstruoso. Então fiquei. Dei ordem ao meu corpo para, acima de tudo, não se mexer, ficar sentado na cadeira e não recuar.

Começaram verificando o que chamam de sinais vitais. Só o nome já basta para você se liquefazer no lugar. Assim que chegamos ao hospital, todos seus sintomas sumiram. Sua mãe tentava descrever mais ou menos o que tinha acontecido. Eles a interrogaram e ela disse que não estava mais conseguindo respirar. Ela continuava se esforçando para sorrir de tempos em tempos. Novamente, eles se deram ao trabalho de nos tranquilizar, nos dizendo que, à primeira vista, ela parecia estar bem. Em seguida, sua mãe levou-a para fazer um eletrocardiograma, depois um ultrassom cardíaco, depois uma radiografia dos pulmões e, afinal, ela ficou sozinha com o pediatra de plantão. Não saí da minha cadeira. Dei ordem ao meu corpo para ficar ali, não fugir, mas não a acompanhei em nenhum exame. O pediatra saiu com ela sorrindo, e se dirigiu a nós: "Não é nada grave, está tudo bem. Foi um ataque de pânico. Ela é sensível." Eles nos deram uma receita de Valium para ela tomar durante três dias e disseram que podíamos ir para casa. Ela estava bem. Nessas horas, os médicos são Deus. Deus nos poupando. Deus nos testando nas portas dos infernos, e em seguida nos devolvendo à vida. Não tinha nada no coração. Nada nos pulmões. Ela estava viva e com saúde. O alívio era proporcional à angústia sentida na cadeira do pronto-socorro. A alegria era proporcional ao medo que eu tinha de perdê-la. Isso foi o primeiro impulso. O corpo não tinha nada.

Foi no caminho de casa, depois que a crise passou, descartado o medo da doença e da morte, que eu entendi. Entendi que ela estava com tanto medo que não conseguia mais respirar. Entendi que ela só tinha nove anos e que já estava tão aterrorizada que o oxigênio não conseguia mais abrir caminho até os pulmões. Eu já tinha percebido que ela era sensível, não precisava do diagnóstico do médico para saber disso. Eu tinha percebido que ela sempre relutava para ir dormir. Talvez não somente porque seu quarto não é seu quarto. Talvez não só porque podemos acordá-la no meio da noite para ir para sei lá onde. Talvez não só porque o ar do país se tornou tão fétido que seus pulmões o estão rejeitando. Talvez não somente porque às vezes ela acorda com o barulho das explosões. Foi depois que percebi o absurdo da frase do médico. Foi depois que me perguntei como ele podia ter colocado "ataque de pânico" e "nada grave" na mesma frase. Foi depois que me dei conta de que ela nunca conversava comigo. Nunca. Ela não me fala nada do que não está bem. Não me fala nada. Foi depois que percebi que, com certeza, era para me poupar que ela não falava nada. Pior ainda, era porque ela não sentia lugar, espaço, força em mim para falar, para contar.

Queria ter sido alegre o suficiente para ela me contar sua tristeza e sua angústia. Queria ter sido aquele que respira fundo para ela poder me entregar o peso de seu pequeno peito. Aquele que é sereno o suficiente para ela vir falar comigo. Aquele que é forte o suficiente para ela me incomodar, mexer comigo, sem me fazer desmoronar. Queria ter sido aquele que ela pode perturbar, em quem ela pode esbarrar. Ela tinha me descoberto há bastante tempo. Era ela que sorria para mim. Queria ter sido aquele que pertence a um clã, aquele que pertence a um partido, uma milícia, aquele que é armado o suficiente para ela sentir que eu a defenderei de tudo e de todos. Queria ter sido forte, e ser forte, aqui, é matar, torturar. Queria ter sido um dos que matam e torturam. Queria ter sido um perito em termos de tortura. Queria ter sido chefe deles. Não ser estrangeiro, não ser marginal, não ter moral nenhuma, nenhum escrúpulo em matar. Queria ser de algum lugar onde ela pudesse se sentir em casa. Queria ter sido o pior dos assassinos. Queria ter sido fanático. Queria ter escolhido a pior das causas, me aliar ao pior dos partidos, à mais cruel das milícias. Queria ter escolhido um clã sem hesitação, com a única exigência de ele ser o mais forte e o mais bem armado.

Pensei de novo em seu rosto sorrindo para mim no pronto-socorro do hospital e nele vi meu fracasso. Pensei de novo em seus olhos e neles vi minha falência. Demorei nove anos para perceber que ela nunca me falava nada, ou tão pouco, que no caminho de volta da escola sempre dizia sim, foi tudo bem. Nove anos sem ter sido empurrada no parquinho, sem nunca ter caído do balanço ou sentido calor demais na sala de aula no verão. Nove anos sem nunca ter tido medo de bombardeios, escadas, abrigos, carros-bomba. Nove anos me contentando com "sim, foi tudo bem". Uma eternidade me contentando em acreditar que ela era sensível, que não gostava da escola, que todas as crianças tinham medo de ir dormir. Eu dirigia na noite no ritmo de sua respiração, para não acordá-la. Virava a cabeça de vez em quando para vê-la adormecida, encolhida no colo da mãe, o nariz na depressão de seu pescoço. Eu também queria ter sido um refúgio. Uma casa. Queria ter um cheiro tão tranquilizador quanto o da sua mãe. Queria que ela também pudesse adormecer o rosto na curva do meu pescoço. Eu dirigia e entendia como ela carregava meu corpo, covarde e pesado, em seus pequenos ombros. Dirigia e entendia a dimensão do que tinha fracassado. O pior não era sua angústia, o pior era ela nunca ter dito nada, ou tão pouco, não o bastante. O pior era ela não ter tido espaço para fazê-lo, que eu não possa ter sido esse espaço.

Dirigia na noite e pensava em tudo o que não quis ver por covardia, por comodismo, por ser mais fácil. Era mais fácil pensar que estava indo mais ou menos bem, mais fácil pensar que ela era tímida e discreta. Pensava de novo em sua docilidade, sua obediência, sua aceitação, sua conciliação. Dirigia na noite sabendo que nunca iria achar as palavras certas nem o tom certo. Tomava consciência de que o espaço e a escuta que ela não tinha encontrado em mim estavam definitivamente perdidos. Sabia que não teria nem a força, nem a coragem de mudar, era tarde demais, os anos passaram. Tarde demais para fingir ter a força de escutá-la. Tarde demais para falar de outras coisas senão ameixas verdes, jasmins e hortas. Tarde demais para iludir. Tarde demais, porque estamos muito danificados, porque ninguém será salvo, porque eu ia continuar a povoar seus sonhos com meus gritos na sala. Meus berros furiosos. Porque ia continuar a ser tão hostil por fora quanto por dentro. Porque toda noite eu abria portas e janelas para deixar entrar a violência e reproduzi-la em casa.

Dirigia na noite e, pela primeira vez em muito tempo, prestava atenção nos buracos de bombas no asfalto e nos prédios desmoronados, nos outros, salpicados de buracos, abandonados. Pela primeira vez contei, ao passar por eles, o número de *checkpoints* que nos separavam da nossa casa que não é a nossa casa. Vi tudo e contei. Vi todos os imensos cartazes dos líderes pendurados nos postes elétricos, nos prédios, nos postes de luz, nos carros e nas árvores. Vi os mosaicos de fotos dos mártires colados em cada esquina. Vi o terror das sombras em todos esses rostos na luz dos faróis do carro. Dirigia e via os rostos espectrais dos bandos do infame se animarem na noite. Eu via tudo. Estava quase vendo os átomos de pólvora em suspensão no ar. Nunca tinha vivenciado tal lucidez. Trabalhei muito minha memória para conseguir todos os dias esquecer de tudo. O hábito tinha me ajudado a anestesiar todas as imagens da demência e do declínio. O hábito e o dia a dia tinham me ajudado a não prestar mais atenção. Porque a gente se acostuma com tudo. Eu tinha me acostumado com essa paisagem. Onze anos de guerra civil. Onze anos é muito tempo. A gente se adapta. A retina e o cérebro guardam as imagens na gaveta do que é conhecido. E o que é conhecido se torna banal. Não reparamos mais nos novos cartazes e fotos que invadem a cidade, nem nos novos buracos, nem nos novos impactos, no vazio deixado pelos que morreram na noite precedente também não. Não avaliamos mais o que se foi, o que mudou, o que se transformou de uma semana para a outra, de um mês para outro, de um ano para outro. Hoje à noite, eu vi tudo.

Carreguei-a até sua cama que não é sua cama e fui fazer um café para mim. Abri um novo maço de cigarros e vim sentar aqui, na minha mesinha habitual, perto da janela. Olhei muito tempo para a pilha de folhas em branco e para a caneta, mas não estou com vontade nenhuma de escrever. Meu olhar parou no cartaz da velha Beirute. Levantei de minha cadeira e caminhei calmamente até essa foto para olhá-la mais de perto. Dá para ver o velho centro da cidade, agora um deserto de cinzas onde ninguém coloca os pés há anos. Olhei com atenção os carros dos anos 1960, os detalhes dos ternos usados pelos homens e os trilhos do bonde. Retirei-a da parede, saí no terraço, peguei um isqueiro e botei fogo nela por um dos cantos. Olhei-a se consumindo e, uma vez queimada, peguei o regador para enchê-lo na cozinha antes de voltar para a sacada e molhar a muda de jasmim e o manjericão. Voltei a sentar na minha cadeira, peguei a caneta Bic preta entre o polegar e o indicador, coloquei-a de volta na mesa. Não tinha nada para escrever. Não estava com vontade. Não estava com vontade de palavras. Não tinha palavras. Não tinha porque as palavras são o sentido e nesta noite não há mais sentido. Fiquei com vontade de tomar uma bebida para esquecer sua imagem, plantada ali, na entrada da sala e o som estridente dos seus pulmões que tentavam inspirar. Me servi um uísque e saí no terraço para ver o sol nascer. Fui até seu quarto para verificar se ela estava dormindo bem, puxei o lençol até seus ombros para aninhá-la, embora esteja quente e eu esteja suado. Fiz isso porque é tudo o que sei fazer. Não sirvo para nada além de aninhá-la e cuidar, junto com ela, das plantas nos vasos no terraço.

Me servi de uma outra dose, e outra, e outra, para tentar matar minha memória, meu cérebro. Pensei nela de novo, tremendo, que me suplicava com os olhos, e todas as outras imagens que eu tinha enterrado jorraram na minha cabeça. Seus olhos, esta noite, ressuscitaram milhares de imagens desaparecidas. Elas voltaram, todas, uma por uma, dentre os mortos. Ela é minha memória. Ela é a consciência do país que sufoca. Seu corpo não quis esquecer tudo, nem se acostumar. Ele não conseguiu. As imagens do horror voltam em minha cabeça sem ordem, esqueci toda a cronologia da abjeção. Não sei como chegamos a esse ponto. Não sei como o absurdo acabou se tornando o pão nosso de cada dia. Não me lembro de nada que faça sentido, não sei mais nem quando nem como a situação se tornou o que é. Não sei nem quando nem como eu a abandonei. Não sei nem quando nem como deslizamos, dia após dia, semana após semana, ano após ano, em direção à demência. Não sei mais quando nem como ela parou de falar comigo. Tudo o que sei é que abri a janela um dia de manhã e encontrei uma guerra civil.

RMEILEH[4], 1989

O DESPERTADOR toca, como previsto, às 2 horas em ponto. Abro os olhos no escuro e vou tateando até encostar a mão e parar o som estridente o mais rápido possível. Ligo o abajur e vejo meu irmão, ainda dormindo tranquilamente. Decido não acordá-lo imediatamente e lhe dar mais alguns minutos de descanso. Escuto a música ritmada de sua respiração lenta e profunda, observo seu pequeno tórax e sua pequena barriga se enchendo e se esvaziando em um ritmo tranquilo por baixo dos lençóis. Fico ali um momento, sentada, olhando para ele, e me concentro muito para impedir minhas lágrimas de escorrer. Me acostumei a segurar minhas lágrimas. Tenho uma técnica boa, há anos. Minha bolinha e eu nos encarregamos disso, juntas. Ela absorve todas as lágrimas e se enche, na medida certa, na minha garganta. Serei forte. Serei forte por ele, por nós dois. Sou a mais velha. Não demonstrarei nada.

Enxugo os pingos de suor que nascem na minha testa com o lençol e esfrego minhas mãos úmidas contra o travesseiro, que aperto com força contra a minha barriga. Como sei que, de agora em diante, nunca mais estaremos em quatro, eu me preparo, há dias, semanas, meses, desde sempre. Me preparo para a ideia de que eu vou ter que cuidar dele. Serei sua casa. Sei que os meninos sempre querem que achemos que eles são fortes, e por isso tomo muito cuidado para não lhe passar a impressão de que sei que ele é frágil. É só que eu sou a irmã mais velha e aceito assumir esse papel. Sou grande, também serei forte pelo que sobra da alegria de viver de minha mãe. O que sobra da força de minha mãe não pode me ver chorar.

---

[4] Rmeileh é uma pequena cidade litorânea, situada a cerca de 40 km ao sul de Beirute, e movimentado centro turístico no verão. (N. do T.)

Levanto bem devagar, sem fazer barulho, e arrumo minha pequena mochila. Coloco dentro algumas coisas, não sei exatamente o quê, o tipo de coisa que gosto de guardar, pouca coisa. Estou acostumada a ter poucas coisas. Nada de brinquedo favorito, nada de bichinho de pelúcia que teria sobrevivido a tantas mudanças, nem roupas favoritas. Estou bem acostumada com o fato de que os objetos de uma vida cabem em uma bolsa pequena e que eles nunca sejam os mesmos. A única coisa que sobrevive às nossas inúmeras fugas somos nós quatro. Nós quatro e um saquinho de plástico contendo a grande coleção de pequenos soldados de plástico e os tanques de meu irmão. Nós e os soldados somos a única entidade salva. Cada vez que mudamos, deixamos tudo para trás – móveis, livros, brinquedos, roupas – e, fuga após fuga, aos poucos, o que deixamos para trás tem cada vez menos importância, até não ter mais valor nenhum. Minha mãe se tornou uma profissional em fechar as malas em dois minutos, profissional em selecionar o mais rápido possível o que levar conosco e o que deixar. Quanto mais a cena se repete, mais leve fica nossa bagagem, pequena, até se tornar insignificante, estritamente o mínimo. O que é absolutamente necessário levar toda vez somos nós quatro, somente nossos quatro corpos é o que devemos salvar.

Quanto mais o tempo passa, menos falta sentimos dos milhares de objetos que deixamos para trás. Acabamos esquecendo. Eles desaparecem de nossas vidas e depois de nossa memória, um após o outro, devagar e sempre. Não sabemos mais o que aconteceu com eles, e cada vez menos nos preocupamos em sabê-lo; de agora em diante, eles têm uma vida fora da nossa, não nos pertencem mais e pode ser que também tenham nos esquecido. Pode ser que tenham sobrevivido em outras famílias ou podem ter perdido, lentamente, qualquer forma de utilidade para acabar como o resto, adormecidos sob os escombros. O que perdura somos nós quatro. Nós quatro, as malas e o grande saco de soldados de plástico do meu irmão. As malas estão sempre por perto. Nunca estão guardadas no porão, no sótão ou em cima de um armário. Estão sempre acessíveis, sempre prontas. Não são daquelas malas bonitas, de qualidade, limpinhas, que se veem nos aeroportos. São daquelas que vagaram, que carregam a marca do tempo e as cicatrizes de proprietários pouco cuidadosos. O estatuto delas é o mesmo de todos os objetos que deixamos para trás. São só objetos, e objetos não têm mais valor.

Não sei muito bem o que colocar na minha pequena mochila, faço isso sem pensar, com grande desapego. Arrumo minha mochila porque é preciso fazê-lo. O que coloco dentro dela não tem importância nenhuma, valor sentimental nenhum, nenhuma marca nostálgica. Ali eu guardo, um a um, objetos que achei dignos de serem levados, sem saber o porquê. Na hora em que estou tirando meu pijama para me vestir, meu irmão acorda. Aproveito o fato de estar ocupada para não olhar para ele, nem falar com ele. Daqui a trinta minutos, chegará a hora de ir. Nunca mais estaremos em quatro. Daqui a vinte e oito minutos. E vou ter que aguentar vinte e oito minutos sem chorar, sem dar o menor sinal de fraqueza. Vou ter que prestar muita atenção para não cruzar com o olhar dos outros de forma alguma. Serei forte, não deixarei transparecer nada do meu mal estar, nem da minha tristeza. Estou acostumada. O que sobra da coragem da minha mãe não aguentaria saber. Tenho que ajudá-la a ir embora. Aguentarei o quanto for necessário, aguentarei firme. Caso minha bolinha fique muito grande e ameace explodir, apertarei tudo mais para o fundo da minha garganta, até dentro dos meus pulmões se precisar, depois, se conseguir, até minha barriga. Nada sairá. Farei tudo como de costume, deixarei tudo isso trancado com duas voltas dentro de mim, no frasco do meu corpo, meu corpo será uma fortificação. Estou acostumada. Conseguirei, tenho que conseguir.

O café da manhã passa em um silêncio indescritível. Existem muitos tipos de silêncio: o dos cúmplices apaixonados, o do descanso após a tempestade, o do amanhecer enquanto a cidade ainda está adormecida, o dos envergonhados, o que segue uma noite de bombardeio, o dos corpos ainda quentes que se calaram para sempre. Existem muitos tipos de silêncio, mas este, o de nosso último café da manhã no meio da noite, congela meu corpo até os ossos. Ele é diferente de todos os outros. Ele não se parece em nada com os silêncios que já conheci. É o silêncio mais ensurdecedor que existe, o mais esmagador, o que grita mais alto. É o silêncio de milhares de palavras engolidas. Esse silêncio uiva do fundo de nossas quatro barrigas, dilacerante, uiva a explosão de nós quatro em mil pedaços.

Tomo muito cuidado para evitar seus olhares. Fixo meu olhar no meu prato e, apesar de não estar com fome, me encho de comida, sem pensar, bocado após bocado. Engulo, enchendo, progressiva e seguramente, minha barriga. Vou comer mais e mais até que a comida ocupe todo o espaço da raiva. Vou preencher meu estômago até estourar, até que meus órgãos se rasguem para calar esse grito estridente, aninhado no fundo de minhas entranhas. Pouco importa a substância que eu ingiro, precisa ser em quantidade suficiente para comprimir no fundo, bem profundo, todas as lágrimas que querem sair. Se for necessário, comerei até a indigestão, comerei sem parar até o táxi chegar. Vou mastigar e engolir até a hora chegar. Vou bloquear cada lágrima que quer sair, cada emoção que quer emergir com um bocado de comida, impedindo-as de sair do meu corpo, farei com que elas tomem o caminho inverso àquele que queriam tomar. Vou fazer meu corpo se calar, e ele se encherá, se deformará, até não distinguir mais meus membros do meu tronco. Vou fazer com que meu corpo fique pesado, muito pesado, vou lastreá-lo o quanto for necessário para que o sinta, da melhor forma possível, ancorar no chão, para que não saia voando, para que não perca o pé. As emoções jamais atravessarão meus muros. Não sei ao certo o que estou comendo e isso pouco importa, o importante é que preencha, que fique pesado. Mastigo rapidamente para conseguir engolir rapidamente e rapidamente me preencher.

Não direi uma palavra sequer. Essa noite será silenciosa até o fim, desse silêncio indescritível. Só haverá os barulhos da minha mastigação, da louça lavada com pressa, dos zíperes das malas e dos nossos passos batendo no piso frio e ainda fresco da cozinha. Tiro minha sandália para sentir sob a palma de meus pés o frescor do piso e vou buscar o regador embaixo da pia para enchê-lo. Saio e vou regar o vaso de manjerona no pequeno terraço. Aproveito o tempo para esfregar a palma da mão sobre os botões que não param de crescer e levo minha mão até o nariz para sentir a fragrância. É à noite e de madrugada que o perfume das plantas se torna mais agradável. Depois, vou fechar minha mochila, acrescentando, no último minuto, um desodorante da marca Vichy. É meu primeiro desodorante. Logo vou abandonar o mundo da infância para mais um novo, desconhecido, e esse desodorante *stick* me fala que, apesar do meu cabelo curto, do moletom que eu sempre uso e do meu peito ainda achatado, logo tudo vai mudar. Agora posso usar desodorante e me orgulho disso. Meu desodorante me mostra que sou menina, logo mulher, e essa realidade biológica, esse fato certeiro, esse futuro próximo inexorável, é uma certeza, uma realidade simples e palpável. É a vida que vai continuar animando meu corpo, apesar de tudo. É um futuro. É a promessa de algo, e tanto faz se esse algo vai me deixar feliz ou não, é a prova de que estou viva e que vou seguir vivendo, que meu coração vai seguir batendo, meu corpo seguirá mudando, o suor seguirá saindo dos poros da minha pele.

Ao escutar o barulho dos pneus do táxi freando na frente de casa, sinto meu coração disparar e bater forte até na minha cabeça. Meu coração tenta fazer subirem até minha garganta todas as lágrimas que engoli, bem lá no fundo, dentro de mim, na última meia hora. Corro para a geladeira e esvazio meia garrafa de água fresca em goles grandes, para que tudo desça de volta. Não dá certo, fica entalado. Então vou rápido pegar minha bolsa e tomo ainda mais cuidado para não cruzar com o olhar de ninguém. Ele já está ao lado do táxi esperando. Eu vou em sua direção para lhe dizer adeus rapidamente e agradeço o céu e a terra por ser bem mais baixa. Não lhe digo nada. Me deixo abraçar um pouco por seus braços, deles me retiro rapidamente e corro para me jogar no banco de trás do táxi amarelo. Não olharei para ele, não olharei para suas mãos se agitando para dizer adeus. Não olharei sua silhueta, plantada ali, diminuindo conforme o carro se afasta até desaparecer em uma curva.

Eu me dou conta de que não tenho nada para comer e que a bolinha na minha garganta não poderá se distender infinitamente durante as longas horas do trajeto nos levando até o aeroporto de Damasco, já que o de Beirute está fechado faz tempo. Também não olharei para eles dois, sentados ao meu lado no banco de trás. Não preciso verificar, os olhos da minha mãe e do meu irmãozinho estão tão apagados quanto os meus. Olharei pela janela a paisagem desfilando e não direi nada. Minha bolinha e eu viajaremos sozinhas. Pedirei para ela, com todo meu coração e todo meu corpo, para ficar ali, bem travada na minha garganta, e não ter a má ideia de querer subir até meus olhos ou explodir. Não olharei para nada. Mandarei meus olhos se calarem e olharem só a linha do horizonte. Não quero olhar nada do que estou deixando. Nem ele, nem as paisagens, nem as estradas, nem as árvores, nem as cidades, nem as aldeias que vamos atravessar.

Não, não vou olhar para nada, não quero me despedir de nada. Minha bolinha e eu sabemos muito bem que essa é uma má ideia.

Ela não para de me avisar que está a dois dedos de explodir e que é melhor eu ficar olhando só para o vidro e a linha do horizonte, nem para o céu. Ela, minha bolinha, sabe que o céu é traiçoeiro de madrugada. Sabe o que acontecerá no amanhecer, quando os primeiros raios de sol vierem abraçar o azul profundo que se decantará em mil tons de roxo, vermelho e fogo. Então obedeço minha bolinha e olho fixamente para uma manchinha na janela imaginando mil e uma formas. O táxi sai e me concentro com força. Não olharei para mais nada. Cerro os punhos e em alguns momentos fecho os olhos como para dormir. Não olharei para a estrada com todas essas crateras de bombas que o táxi evita com dificuldade, nem os carros incendiados e eviscerados, ainda fumegantes, nem os corpos carbonizados ainda deitados dentro. Não, não olharei para nada disso, só olharemos a janela, minha bolinha e eu, quando ficarmos de olhos abertos. A janela e a linha do horizonte.

Acima de tudo, não pensarei nele. Darei ordem para meu cérebro não imaginá-lo ali, ainda em pé, na estrada na frente de casa. Não pensarei nele, sentado sozinho no pequeno terraço. Não me perguntarei, numa hora dessas, de manhã cedo, o que contém o copo na mesa em sua frente. Não hesitaria entre um café e um uísque. Não imaginarei as espirais do seu cigarro deslizando nas paredes nuas. Não imaginarei suas idas e vindas na casa onde só tem três ou quatro móveis, o mínimo necessário, e que não é sua casa. Não pensarei nele e no fato de que este carro, quilômetro após quilômetro, está me afastando dele, me arrancando dele, abandonando-os, ele e o vaso de manjerona. Não pensarei nisso, pensarei que estamos indo viajar por algumas semanas, talvez uns meses, como muita gente, que não deixamos, não deixamos nada, que nós só vamos viajar um pouco.

Não pensarei que estou deixando o mar de setembro para sempre. Também não pensarei no futuro das mudas de jasmim, de manjericão e de manjerona que ficaram em Beirute, na casa vazia que deixamos há meses e que não é nossa casa. Não pensarei no zelador que cuidava tão bem dos vasos de flores, nem em suas filhas que o viram sucumbir às balas de um grupo de milicianos no hall do prédio, bem ao lado dos enormes vasos tão bem-cuidados. Não pensarei nos últimos banhos de mar de outono que eu vou perder, nem em meus primos, nem em meus avós, nem em meus tios e tias. Não pensarei nos últimos tomates de setembro que ainda estão amadurecendo no minúsculo vaso no telhado da casa da minha avó materna na montanha, nem em nossas risadas compartilhadas nesse mesmo telhado onde improvisávamos piqueniques para comemorar a última colheita de tomates, comendo-os do jeito que estavam, com azeitonas e um pouco de pão. Não é uma horta de verdade, mas minha avó se recorda tão bem quando me fala sobre a horta dos seus pais, que seus tomates são um poema.

Não pensarei na cerejeira que ela plantou em outro vaso minúsculo e que ficou gigantesca apesar dos poucos centímetros cúbicos de terra e que dá as melhores cerejas de toda a aldeia. As raízes cresceram tanto que estão a ponto de destruir a casa toda. Levantam os muros, os solos e a montanha inteira. Daqui a mil anos, os arqueólogos que virão vasculhar o teto do mundo ficarão surpresos de encontrar em todas as antigas camadas de ocupação do solo sempre o mesmo pólen, da mesma família de cerejeiras. Eles se surpreenderão ao extrair do solo toneladas e toneladas do mesmo pólen. Eles terão dificuldades em entender a presença de pólen de cerejeira em proporções desmedidas. Eles procurarão, sem encontrar, os motivos de tal perturbação do biotipo durante centenas de anos, e isso porque eles nunca terão ouvido falar de Júlia, a fada da montanha. Eles não saberão que minha avó semeia tantas lembranças, ela sabe tão bem lembrar, que perturbou toda a química da terra dos montes e dos vales.

Não, não pensarei no fato de que minha avó é uma feiticeira, que sua mão é tão boa que, em sua minúscula sacada, consegue cultivar plantas e árvores do mundo todo. Não pensarei nos damascos que ela está deixando secar ao sol nem nas nozes espalhadas em grandes lençóis brancos que ela já deve ter acabado de colher. Não pensarei nas minhas duas melhores amigas de quem nunca me despedirei. Não pensarei no azul tão peculiar do céu de outono nem na neblina que, nessa época, sobe do mar à noite para formar oceanos de neblina e de nuvens lá em cima. Não pensarei na figueira ao lado da casa da minha avó, nem no gosto dos figos quase verdes, que não deixamos amadurecer o suficiente de tão impacientes que ficamos para colhê-los. Não pensarei no perfume da geleia de maçã, que logo estará cozinhando na grande panela da minha avó, em outubro.

Não, não pensarei em nada disso. Fecho os olhos e me concentro para fazer as imagens se calarem, uma após a outra, assim que surgem na minha cabeça. Estou acostumada, minha técnica está cada vez melhor quando se trata de esquecer. Olho para a janela do carro cerrando os punhos, olho para a mancha na janela e tento, com todas as minhas forças, toda a minha força de vontade, não pensar em mais nada a não ser nessa mancha estranha. Imagino formas de animais, rostos e sei lá mais o quê. Quando isso não basta, às vezes pisco os olhos, com muita força e devagar, cinco vezes seguidas. É um novo método que inventei há alguns meses para afugentar uma ideia. E para não escutar Fairuz[5], que canta no rádio do táxi, me concentro nos barulhos do motor. E então, quando nada disso basta, imagino operações de matemática que tento resolver para que toda minha massa cinzenta fique mobilizada em algo diferente de imaginá-lo sozinho na casa vazia que não é a nossa casa.

[5] Nascida em 1934, Fairuz é uma famosa cantora libanesa e considerada por muitos como uma das vozes mais representativas de todo o mundo árabe. (N. do T.)

BEIRUTE, 1990

SEMPRE ACORDO CEDO. Cada vez mais cedo. Só tenho 42 anos, mas já sou um velhinho que acorda cedo, com suas pequenas manias, seus pequenos rituais. Ou pode ser que seja porque sempre gostei do amanhecer. Especialmente no verão, quando ainda está fresco, quando a cidade acorda devagar. Ainda não tem o barulho ensurdecedor dos carros, dos camelôs e de todo o resto. A cidade ainda respira lenta e tranquilamente. Gosto de acordar ao amanhecer e colocar o café para esquentar, regar as plantas antes que esquente demais e aproveitar o tempo para me espreguiçar no terraço. Cuidadosamente, preparo a mesinha que coloquei perto do jasmim, na sombra. Coloco nela minha garrafa de água, meu copo, meu maço de cigarros, um cinzeiro, um isqueiro, meu café, uma pilha de folhas em branco e uma caneta. Gosto desse momento do dia em que as angústias da noite se dissolvem nos vapores de café. Gosto da solidão da manhã, ela é doce e serena. Não é a da noite, ela é deliciosa e benéfica. Gosto do silêncio do primeiro gole de café e da primeira tragada de cigarro. Gosto de sentir sob meus pés nus o piso ainda fresco e de levar uns minutos, sentado ali, sem fazer nada, preparando minha retina para a luz de um novo dia. A luz ainda não está muito forte e a adaptação se faz de forma gradual e delicada.

Aproveito esse tempo. O início da manhã é uma ode à lentidão. Desde que moro sozinho, é meu momento preferido do dia. O momento em que a solidão não me pesa, em que o silêncio é agradável. É o momento do dia em que ainda não cometi pecados, o instante em que há o maior número de horas de crédito antes da noite seguinte. É quando o balanço da noite ainda pode esperar. Os arrependimentos esperam alguns minutos para o corpo acordar. É um parêntese, um momento fora do tempo, alguns minutos que ainda não pertencem ao dia, não contam, um pedacinho de eternidade. Acordo cedo para poder roubar essa trégua, essa folga, essa calmaria. Aproveito para saborear as duas primeiras xícaras de café e os primeiros cigarros antes que tudo recomece.

É de manhã cedo que minha memória é mais dócil. Ela me obedece perfeitamente e só traz de volta as lembranças que eu quero evocar. E se eu penso nela, são as lembranças boas que voltam para mim. Lembro da primeira vez que a vi atravessando a cafeteria da Faculdade de Letras. Nós nos amamos como nenhum homem e nenhuma mulher souberam se amar. De manhã cedo, ainda não penso em tudo que fiz para perdê-la. De manhã cedo, o grito da saudade ainda pode esperar. A falta do calor de seu corpo contra o meu. Me delicio com esses minutos sem pensar que eles vão passar rapidamente, que são efêmeros e que, em instantes, um novo dia vai começar. E, no fim do dia, haverá uma nova noite, em que a paz dos amanheceres sempre triunfará.

É bom que eles tenham ido embora. Não quero que cresçam aqui. É a melhor coisa do mundo terem ido embora. Mesmo que a guerra tenha acabado. Mesmo que tenham sido arrancados do pouco que sobra daqui. Aqui, vivemos com os cadáveres do que foi. O cheiro da pólvora e dos corpos se infiltrou até nos colchões, nas casas, até na casca das árvores, até dentro dos nossos próprios corpos. As brasas ainda estão vivas, lá, debaixo da terra, basta uma faísca, um graveto, e tudo recomeça. Antes, ainda esperávamos por algo, uns créditos finais. Esperávamos um depois. No desfile dos créditos finais, caracteres escuros tomaram o lugar dos diretores, dos produtores e de todas as pessoas no comando que tiveram o talento incrível de produzir a obra magistral. Cada um conta seus corpos e sobretudo não os do outro lado. Os corpos do outro lado, afinal, não passam de números, números vagos e discutíveis. E eles caíram por um bom motivo, por uma causa. Os créditos desfilam e a equipe técnica, a mesma, já está pronta para gravar a sequência.

De manhã cedo, consigo não pensar em tudo que está definitivamente perdido. Ainda consigo silenciar a lista de tudo que é poluído, apagado, ferido. De manhã cedo, ainda não é a noite com a sua cota de encantamentos que eu recito ritmicamente, como um autista, sobre tudo que foi profanado. Trabalho minha memória no corpo para expulsar todas as imagens e todas as vozes, uma a uma. Durante o dia, consigo administrar melhor do que à noite, desenvolvi algumas técnicas que ponho em prática cada vez melhor. Não partirei. Criei raízes demais. Me acostumei com esse ar. Quanto mais envelheço, mais crio raízes e mais os meus hábitos são importantes para mim. Criei uma vidinha para mim, a mais tranquila possível.

Ainda há dois ou três amigos de antes e duas ou três mulheres. E, quanto mais o tempo passa, mais adquiro experiência para separar as lembranças. Às vezes, quando uma lembrança desobediente surge, cerro o punho esquerdo com força, depois abro a mão levantando a palma em direção ao céu, antes de deixá-la cair, pesada, em meu joelho. Na maioria das vezes, funciona. Estou ficando bastante bom em esquecer. Quase nunca preciso de um uísque de manhã. É raro. Não estou tão mal aqui, especialmente no terraço, perto do jasmim. Mas é bom que eles tenham ido embora. Não tem nada respirável para eles aqui.

Preciso desenvolver uma técnica do esquecimento muito mais eficiente para a noite. Para a noite, ainda estou tentando. Meu lobo temporal reluta em anestesiar-se assim que o crepúsculo aparece. Ele desobedece ainda mais à luz das velas, durante os cortes de luz. É aí que ele me joga na cara desordenadamente os quinze anos de triunfo do absurdo. Durante doze anos, eu vi os dois nascerem e crescerem nessa ruína, um após o outro. Durante todos esses anos, olhei para eles fingindo não ter medo. Durante doze anos, eu os vi teimando em querer respirar o que sobrava de oxigênio. Para o inferno a pátria. Para o inferno as raízes. Doze anos de escadas. Doze anos de água salgada, doze anos de abaixem suas cabeças. Doze anos me vendo desmoronar como uma torre, uma pedra após outra, desabando devagar e inexoravelmente. Desabando sobre eles. Doze anos me observando despedaçar, fragmentar. Minha queda era sincronizada à do país. Pedaços de mim se separavam no ritmo em que os prédios desabavam. Eu me tornava tão tóxico quanto essa cidade. Sentia o enxofre e o sangue coagulado. Escorria de mim a mesma poluição que se jogava no mar, todo dia. Eu me desmanchava ao mesmo tempo que essa cidade. Os gritos dos torturados jorravam da minha boca e transpiravam por todos os poros da minha pele.

Doze anos assistindo à ruína de tudo. Doze anos olhando para tudo, cambaleando e depois caindo. É bom que eles tenham ido embora. Talvez, com o tempo, eles possam se reconstruir, se construir, ainda são tão novos. Doze anos em mil casas sem nunca estar em casa. Doze anos de casa no porta-malas do carro. Doze anos se perguntando pelo banheiro, pela escada, pelo abrigo. Doze anos sem partido nenhum, lado nenhum, milícia nenhuma, grupo nenhum, pertencimento nenhum, confissão nenhuma. Doze anos de errância. Doze anos em que eles são estrangeiros em todo lugar. Doze anos de exílio. Aqui. Em nosso país. Nunca em nossa casa. Em lugar nenhum. Eles já tinham partido antes mesmo de ir embora. Partir não é uma questão de geografia. Doze anos de *checkpoints*, doze anos de fechamento de escolas, doze anos de esgoto na rua. Doze anos de barreiras, doze anos de pare o carro ao lado, doze anos de abra o porta-malas, doze anos de passe seus documentos. Doze anos de crepúsculo, doze anos de decadência, de aniquilação de tudo.

É bom que eles tenham ido embora daqui, de mim. Eu estou junto com esse país, sou solidário com sua devastação, com sua derrota. Conheci esse país antes de tudo isso. Temos nossas lembranças, nossas nostalgias. Nós nos demos as mãos, os dois, e caminhamos juntos. É bom que eles tenham ido embora, eles ainda têm tempo. Tempo de salvar alguma coisa, eles ainda têm algo a salvar. São tão jovens. De manhã cedo, só penso nas lembranças bonitas. Penso no herbário que ela deixava largado, e nas músicas engraçadas que ele inventava no carro. Penso nele e em seu dom extraordinário para o desenho. Ele reinventa a inteligência e a graça. Redefine a gentileza e a ternura. Ele é minha razão, minha casa. Ela é minha memória. Penso em seus poemas ilustrados e, imediatamente, um sorriso se desenha em meu rosto. Penso nas amoras silvestres que eles colhiam juntos. Penso em seus castelos de areia e em suas brincadeiras de esconde-esconde. Em suas risadas que ecoavam nos apartamentos vazios, em suas risadas que os mobiliavam. Penso nos primeiros dentes de leite caindo. Ainda me pergunto, de manhã, em que apartamento sumiram seus dentes de leite. Ainda penso, de manhã, no que pode ter acontecido com os brinquedos que pedíamos para que eles deixassem para trás, toda vez. Penso no coração dele, que eu via bater através de seu pijama na escada. Penso nos ataques de pânico dela, quando até respirar se tornava impossível.

Ela passou doze anos fingindo que estava bem. Passou doze anos regando as plantas nos vasos comigo. Passou doze anos me poupando, me perdoando tudo. Doze anos tentando se adaptar à uma sociedade mutante, ao monstruoso, ao caos. Ela tem doze anos, é uma menina, logo será uma mulher. Não quero vê-la crescer aqui. Fiquei com vontade de lhe dar a muda de manjerona para que ela continuasse a cuidar dela lá, mas pensei que não seria razoável, que isso iria atrapalhar a viagem toda. Eu também não queria que ela tivesse de carregar a menor nostalgia, a menor poesia do que conheceu aqui. Gostaria que ela se aliviasse de tudo isso. Quando deixávamos um apartamento, muitas vezes ela me perguntava se a gente podia voltar para pegar as plantas nos vasos. Sempre achei isso lindo e poético, que ela se preocupasse mais com as plantas que abandonávamos do que com suas coisas e seus brinquedos. Sempre me comovi com a sua sensibilidade. Agora, me preocupo com isso, vejo nisso um peso para carregar, vejo nisso sua diferença. Vejo nisso sua singularidade e bem sei o que significa ser tão singular. Sei as consequências disso. Sei o que pesa pensar na muda de manjerona.

Olhei para ela subindo no táxi e pensei que não poderia ser pior do que aqui. Eu a via murchando sob meus olhos. Seu olhar começava a mudar e as palavras se tornavam cada vez mais raras. Ela nunca foi de falar muito comigo, mas não me lembro de ter me dito alguma frase nos últimos meses. As palavras vêm quando se tem alguém em frente para escutá-las. As palavras vêm quando sobra um mínimo de sentido e não havia mais nenhum. Seu mutismo se instalou na medida em que o sentido desertava das nossas vidas para dar lugar ao absurdo. As palavras abandonavam sua garganta ao mesmo tempo em que eu desmoronava e os corpos caíam. As palavras partiam com os mortos. Quanto maior o número de cadáveres, mais ela se calava.

Sísifo[6] não fala enquanto empurra sua pedra. Ele aceita, integra o absurdo de sua condição. E empurra em silêncio. Ela empurrou em silêncio por doze anos. Ela está exausta de tanto empurrar. Sísifo não se cansa. A condição de Sísifo não cheira a pólvora. Quero que alguém me diga qual era o peso da rocha de Sísifo. Quero saber o peso

[6] Personagem da mitologia grega, condenado a empurrar uma enorme pedra montanha acima, que, ao atingir o seu topo, caía novamente, sendo esse processo repetido por toda a eternidade. (N. do T.)

exato dela para saber se ele é capaz de empurrá-la, sim ou não. Quero, sobretudo, saber se ela sempre pesa o mesmo, se está tão pesada a cada nova subida. A pedra dela se tornava um pouco mais pesada a cada dia. A pedra dela era feita de metal pesado, o dos cartuchos de bala vazios. Todos os novos cartuchos usados durante a noite vinham se amontoar sobre os precedentes, todas as manhãs. A pedra metálica se tornava tão pesada, o esforço tão intenso, a respiração tão curta que, além de não poder falar enquanto a empurrava, só respirar se tornava cansativo. Seus pequenos pulmões não aguentavam mais, como ela poderia ter falado quando já nem podia mais respirar? Eu estava sentado em sua pedra e ela tinha que empurrar meu peso, além de todo o resto. Não me dizia mais uma palavra sequer há meses e empurrava meu corpo pesado para o alto da montanha, antes de vê-lo despencar mais e mais vezes.

Uma pilha de folhas ainda em branco, uma caneta e o infinito me encaram como toda manhã. Sei que vou escurecer algumas das folhas, como toda manhã, e que depois irei fazer outro café e abrir outro maço de cigarros. Não estou tão mal. De manhã cedo, nem tudo está perdido. De manhã cedo, ainda sobra o perfume do café, a muda de jasmim no terraço, alguns amigos de antes e algumas mulheres. Alguns amigos de antes de tudo isso, alguns amigos de um outro país que existiu. Sobram as lembranças, o primeiro cigarro e a caneta de antes de tudo isso. Sobram as palavras que sobreviveram, apesar de tudo. Sobra sentido. Continuei a viver. Continuei a escrever durante esses anos todos. Não deixei a bola cair. Ainda respiro. Ainda luto. Escrevo. É meu jeito de batalhar, de não desperdiçar meu rei na partida que estamos jogando, o absurdo e eu. Toda manhã, pego minha caneta e vou para a arena matar o absurdo. Ainda não sei o que vou escrever, mais sei que vou escrever, como toda manhã. Sei muito bem fazer isso.

O sol já está alto no céu quando levanto para encher o regador e aguar as mudas de manjericão, de manjerona, de jasmim e a roseira. Faço isso com cuidado, e depois deixo o regador em seu lugar, embaixo da pia da cozinha. Penso nela e me lembro de suas mãozinhas que acariciavam as pétalas e apertavam com força a alça do regador para conseguir levantá-lo, quando era muito pequena. Lembro dela que me perguntava o nome de cada planta, de cada árvore com que cruzávamos. Lembro de quando me perguntava o nome das ervas daninhas, das plantas adventícias que cresciam em volta das roseiras e dos jasmins, me cobro por nunca ter sabido responder. Penso que ela estava certa em se interessar tanto pelas ervas daninhas quanto pelas boas. Espero que ela cresça como crescem essas ervas daninhas. Essas hóspedes de lugares inesperados, essas hóspedes que ninguém convidou, que ninguém quis, que atrapalham, mas não ligam para isso e continuam crescendo. Das quais o tempo todo arrancamos as raízes, porque elas não servem, porque nasceram no lugar errado no momento errado, mas que proliferam em outro lugar. As que desabrocham em substratos improváveis, que teimam em viver em meios hostis. As plantas pudicas, as que não procuram ser bem-vistas, aquelas cujo charme é tão sutil que se torna até um pouco secreto. As que triunfam sempre, que crescem e crescem de novo, infinitamente. As que furam por baixo do cimento, que germinam até debaixo do asfalto. As que não ligam para meios inóspitos.

Volto a me sentar na mesma cadeira, diante das mesmas folhas em branco, acendo um cigarro e pego minha caneta na mão. É assim todas as manhãs, cada manhã, há mais de vinte anos, e sempre será, apesar da partida deles. Sempre escrevo de manhã, não importam os eventos da véspera, nem meu humor, nem minha condição física. Que eu tenha dormido bem ou passado a noite em claro, que tenha rido ou chorado, que esteja fora, no terraço de um café ou em casa. Escrevo independentemente das circunstâncias e de onde quer que eu esteja. Mesmo depois de uma noite de bombardeio, não importa. Escrevo como a gente se purga, escrevo como vou ao banheiro, todas as manhãs, quero dizer, com a mesma necessidade, a mesma urgência, a mesma evidência. Com ou sem eles, antes e depois deles. Meus dedos estão acostumados, como se tivessem nascido com uma caneta, minha letra é regular, quase automática, e minhas folhas são todas parecidas. Quando esqueço de numerá-las, tenho muita dificuldade para ordená-las. Escrever é minha disciplina. Seria até a única que eu me imponho, isso e tomar muita água. Aliás, além do café e dos cigarros, sempre tem um copo de água cheio na minha mesa.

Apesar de tudo, independentemente de tudo, continuo sentindo prazer em escrever. Sou dono das minhas palavras como ninguém. Todas as outras coisas que faço são, na melhor das hipóteses, falhas, e na pior, absurdas. Escrever é a única coisa que faz com que me sinta no meu lugar. Sei que faço isso bem, sei que isso faz sentido. Nada mais faz tanto sentido. As palavras, as frases, as páginas são um país que reinvento o tempo todo. Se não falo muito, é porque conheço o peso das palavras. Sei que a escolha e o lugar de cada palavra na frase contam. É por isso também que ela falava cada vez menos. Porque ela também sabe que as palavras são importantes, que as palavras são uma ferramenta séria, que cada uma tem um sentido preciso e que o sentido é importante. Ela sabe que as palavras têm consequências. Nunca entendi as pessoas muito falantes, aquelas que nem se dão ao trabalho de ouvir seu interlocutor porque já estão com pressa de lhe responder e de continuar a falar, sem parar. Elas não têm nenhum filtro entre seus pensamentos e sua língua. Palavras e frases saem como vômito. Sei o peso de cada palavra, a importância da medida, das consoantes, a harmonia do todo, o eco das vogais. A poesia aguenta ainda menos a aproximação e os falatórios que o resto. Uma palavra a mais e o ritmo se perde. Uma palavra a mais e a graça se foi.

Vou escurecer algumas folhas esta manhã, como toda manhã. Vou procurar as palavras certas, colocá-las na ordem certa para formar, com elas, versos ou frases e falar em silêncio. A folha vê as linhas se desenhando e lavrando, palavra após palavra, silenciosamente, o mutismo. É em silêncio que os barulhos, os sons e a música vêm esculpir o branco e matar o nada. Mato o silêncio, em silêncio, a cada manhã. Cada frase respira no ritmo. No ritmo que eu quero. No ritmo que eu dito. Cada palavra respira com a profundeza que eu ordeno. A cada manhã, mato a falta de ar, mato a respiração ofegante. Mato o barulho estridente que saía de sua garganta enquanto ela tentava respirar. Quando não havia mais palavras. Vou escrever porque é a única forma de resistir um pouco mais. É meu combate, minha guerra. Vou escurecer as páginas com o que sobra de mim. Vou superar a falta de ar e aniquilar a respiração ofegante. Escrever é revolta e eu sou mestre disso. É a única forma de resistência ao absurdo. É o sentido. O tangível. É escrever o absurdo para matar o absurdo. Escrever Sísifo é matar Sísifo.

PARIS, RUA MOUFFETARD, 1990

TEM ALGUMAS COISAS AQUI de que eu gosto. Adoro o cheiro do pão assando quando passo na frente de uma padaria e quando vou comprar uma baguete. Se ela ainda estiver quente, arranco um pedacinho que mastigo e nela cavo um buraquinho para pegar o miolo, ainda morno e macio. Adoro ir sozinha a pé para o colégio, adoro esse caminho, especialmente o da volta. As calçadas são limpas e bem-feitas, e arrasto os pés para prolongar um pouco mais o prazer. Gosto da rua Tournefort e da praça de la Contrescarpe, com suas árvores e sua fonte. Gosto da velha florista da rua Monge que parece, ela e sua loja, sair direito de um conto dos irmãos Grimm. Gosto de estarmos amontoados, os quatro, em um estúdio na casa da minha tia, nós nos aquecemos e, à noite, sinto menos medo. Gosto da dezena de plantas nos vasos da minha tia na extensão do estúdio, no pequeno pátio de paralelepípedos. Ela cuida bem das plantas e às vezes compra novas. O bairro é limpo e calmo. Gosto dos pequenos parques, que são muitos e estão em todos os cantos da cidade. Eles são bem-cuidados e muitas flores e plantas de todo tipo que não conheço florescem ali, tanto no verão como no inverno. A pequena feira da Rua Monge está no meu caminho e, de manhãzinha, quando ainda está escuro, gosto de atravessá-la. Mesmo que ela seja muito cara para comprar qualquer coisa, gosto de olhar as bancas tão limpas e as frutas e os legumes tão bem apresentados. É a primeira vez na vida que vejo pilhas de maçãs ou de tomates em que todas as frutas são parecidas. Todas elas têm o mesmo tamanho, a mesma cor e a mesma forma. Gosto de andar nas ruas sem que ninguém me reconheça.

Adoro a biblioteca da rua Mouffetard, onde passo a maior parte do meu tempo livre lendo histórias em quadrinhos e romances. Na seção juvenil, tem almofadas e sofás nos quais podemos deitar. Perto da biblioteca, tem um velho senhor que pede dinheiro e dorme na rua. Ontem, lhe dei uma das minhas balas e ele me sorriu e me agradeceu muito. Conversamos um pouco. Tem muitos, aqui, como ele. Foi aqui que eu vi a verdadeira miséria, a miséria de quando não se tem mais ninguém. Miséria não é não ter nada, é não ter ninguém. E esse senhor não tem ninguém, ele me disse isso. Pensei muito no motivo pelo qual existem tantos mendigos em um país tão rico. Acho que, se deixam as pessoas na rua, não é porque não se tem condições de ajudá-las, nem de expulsá-las. É para deixá-las ali, à vista de todos, como um exemplo, como o que não é para fazer, como uma advertência. Conversando com esse senhor, finalmente entendi por que minhas professoras me colocavam sozinha em uma mesa como um castigo. Era para que eu sentisse vergonha. Eu era um tipo de espantalho, elas me usavam para incentivar os outros alunos a ficarem atentos. A mesma coisa acontece com esse senhor, ninguém quer ajudá-lo, nem se livrar dele. Ele é deixado ali, à vista de todos, sozinho, para mostrar o que cada um pode se tornar se ficar com vontade de não respeitar as regras da sala de aula. Cuidado com os diferentes. Cuidado com os rebeldes. Cuidado com os inaptos. As professoras me exilavam em uma mesa porque não queriam nem me ajudar, nem se livrar de mim. Eu nem me incomodava por ficar sozinha na minha mesa, o que devia irritar ainda mais a professora, mas eu era muito útil para assustar os outros. Os diferentes estão ainda mais sozinhos em Paris que em Beirute. Ou então são mais visíveis. De qualquer forma, parece que eles não têm família.

Passei seis meses pensando que queria voltar. Sei que aqui não corro risco nenhum, não há guerra aqui, estou em segurança, o que já é muito bom. Sou grande, entendo muito bem essas coisas. Conheço as avenidas arborizadas, os cafés, os museus, os parques, as universidades gratuitas, o seguro-saúde público. Tento repetir isso para mim o tempo todo e me acostumar. Pode ser que chegue o dia, se eu ficar aqui, em que estarei tão acostumada que falarei tão bem em francês quanto em árabe. Pode até ser que meu francês, que na escrita já é melhor que o dos meus colegas de sala, evoluirá até começar a roer minha língua materna. Daqui a alguns anos, talvez comece a sonhar em francês. Suponho que meu sotaque vai desaparecer rapidamente, que logo aprenderei as gírias e que, então, será impossível reconhecer, apenas pelo som da minha voz, de onde eu venho. As palavras em francês nascem em mim, umas após as outras, e invadem, pouco a pouco, o árabe, como as vegetações exuberantes invadem as casas abandonadas até cobri-las quase por inteiro. Às vezes, ainda respondo instintivamente em árabe a uma pergunta feita na aula, sei que é meio mico, mas não ligo. Acontece cada vez menos. Aprendo novas palavras todos os dias. Elas vêm se amontoar e se colar ao meu vocabulário preexistente e ocupam cada vez mais espaço em meu cérebro, expulsando o árabe aos poucos, ou melhor, anestesiando-o, adormecendo-o e empurrando-o para um cantinho espremido da minha cabeça.

Passei seis meses pensando seriamente em voltar. Não gosto das pessoas daqui. Gosto delas ainda menos do que das do Líbano, eu acho. Lá, até que eu tinha me acostumado um pouco com os outros e eles também acabaram se acostumando comigo. Meus novos colegas de sala teimam em querer falar comigo sem que eu tenha muita vontade de conhecê-los e falam comigo como se eu fosse uma extraterrestre. Quando me perguntam sobre minha vida antes, sobre minha vida em um país em guerra, usam um tom de pena insuportável. Eu nunca tinha conhecido nada diferente e estava acostumada. A guerra não é tão grave como eles pensam, eles não entendem nada. Odeio essa habilidade que eles têm de menosprezar minha vida de antes, fazendo da minha infância uma simples desventura. Eles não sabem de nada, são ainda mais idiotas que meus colegas libaneses, e os outros já eram muito burros. Também, por mais que eu tire notas melhores do que eles em francês, eles me veem como a estrangeira, a quem é preciso falar devagar, articulando bem cada palavra. Por mais que eu diga para eles que falo e entendo muito bem francês, eles falam comigo sempre com o mesmo ar bobo.

Meus antigos colegas acabaram entendendo que era preciso me deixar em paz e que eu não gostava muito de falar. Ontem, na cantina, tive o azar de comer minha salada juntamente com o prato principal. Então todos os estudantes que estavam na mesa julgaram ser indispensável me explicar que, na França, se come a salada depois do prato principal e antes da sobremesa. Como se esse tipo de coisa tivesse alguma importância. Prefiro comer sozinha, mas em geral não tem mesa livre, e por isso sou obrigada a sentar ao lado de alguém.

Não digo para eles que acho estranho colocar açúcar no iogurte. Se um dia conseguir engolir alguma coisa dessas, será a prova final da minha integração, e mesmo da dissolução total de minha identidade libanesa anterior.

Odeio a escola daqui ainda mais do que a de lá e, no entanto, não tinha nada que eu odiasse tanto no mundo quanto a minha escola de Beirute. No primeiro dia de aula, fiquei perdida nos corredores durante um bom tempo antes de achar a minha sala. Chorei todas as lágrimas que tinha no corpo. Fiquei surpresa ao sentir as lágrimas escorrendo, eu que nunca choro. Aqui, no colégio, mudamos de sala a cada aula. Tenho um horário na minha agenda escolar que faz a correspondência das diferentes salas com as aulas que vão acontecer nelas. O problema é que ainda não conheço bem a escola, que é enorme, então me esforço para prestar atenção em alguém da minha sala, não tirar os olhos dele e segui-lo na saída de cada aula para não ficar perdida nos corredores oito vezes por dia. O método não é infalível e ainda acontece, em particular depois dos intervalos, que eu perca de vista meus colegas e acabe como uma imbecil, vagando nos corredores à procura de um maldito número de sala. Com muita frequência, chego atrasada na aula e a professora, que não quer saber de nada, me manda buscar um bilhete para alunos atrasados no escritório da conselheira principal de educação, do outro lado do prédio. Ontem, a professora de francês cansou dos meus atrasos e me expulsou da sala pelo resto da manhã, me dizendo que "aqui não é a casbá". Não sei o que significa casbá[7], e não perguntei. Acho minha professora de francês particularmente estúpida. Passo meu tempo indo buscar bilhetes de atraso, que trazem sempre escrito o mesmo motivo: "ficou perdida nos corredores". Mesmo depois, já com o bilhete na mão, nem sempre consigo voltar para a sala certa e estou farta de vagar pelos corredores.

Temos uma hora e meia de intervalo para a cantina. Uma eternidade. Odeio a guerra na fila gigante na frente das portas, odeio perguntar para meus colegas se estou incomodando por me sentar nesta ou

---

[7] *Casbá* é o nome atribuído às cidadelas cercadas por muralhas encontradas em diversas cidades do norte da África. (N. do T.)

naquela mesa, e odeio a espera sem fim no recreio até a retomada das aulas. Eles ficam em pequenos grupos brincando ou conversando e eu continuo sem pertencer a nenhum grupo, nem o dos esportistas, nem o dos populares, nem o dos maus alunos, nem o dos estudiosos, nem mesmo o dos estrangeiros. Eu e o grupo sempre nos demos mal. Nisso, nada mudou, só que, com os outros libaneses, eu tinha me acostumado a eles depois de doze anos, e aqui o intervalo do almoço dura uma hora e meia. Às vezes, seguindo os conselhos da coordenadora, alguns colegas vêm falar comigo a fim de "facilitar minha integração" e isso é o pior de tudo. Não os acho nem um pouco interessantes e sinto minha bolinha dobrar de volume na minha garganta quando os vejo se aproximar. Na maior parte do tempo, nem me dou ao trabalho de responder. Quando posso, me refugio na biblioteca, que eles chamam de CDI[8], onde posso ler tranquilamente e deixar o tempo passar sem precisar falar com ninguém. Leio tudo e qualquer coisa, o que passa na minha mão e, às vezes, desenho. Mas, na maioria das vezes, não tem espaço no CDI, então sou obrigada a ficar no pátio.

Pensei seriamente em voltar. Pensei em voltar sozinha, sem dizer nada a ele. De qualquer forma, ele e eu nunca conversamos muito sobre essas coisas. Sobre quando estamos tristes. Também não queria lhe dizer nada porque já sabia o que ele iria me responder. Me explicaria que morar aqui é um privilégio, que muita gente gostaria de estar no meu lugar. Me falaria da beleza das margens do Sena logo depois do anoitecer, quando as luzes da cidade dançam sobre a água, ou do prazer de percorrer as avenidas com milhares de calçadas grandes e limpas. Me diria que logo eu moraria em um apartamento e que nada nem ninguém me obrigaria a fugir. Diria que eu tenho sorte de poder ir para o colégio a pé e que é normal levar um tempo para se adaptar. Me diria tudo isso, e depois insistiria em como o Jardim de Luxemburgo é bonito no outono, quando o chão se cobre de um tapete de folhas com cores extraordinárias. Esse tipo de coisa. Ele me

[8] CDI é a sigla de Centre de Documentation et d'Information (Centro de Documentação e de Informação), espaço que os colégios da França oferecem aos alunos durante seu tempo livre, durante suas horas de estudo ou ainda por ocasião de sessões pedagógicas dirigidas pelo professor responsável, sozinho ou em colaboração com os professores das diferentes disciplinas. (N. do T.)

acalmaria, diria que o país não é um lugar bom para se crescer, que todos os que têm a oportunidade de fugir vão embora, que é uma sorte para nós estarmos em Paris.

Ele teria de se conter para não me dizer que me entende porque nunca conversamos sobre esse tipo de coisa. Contaria uma ou duas piadas porque sabe contar piadas muito bem e também porque gosta quando estou rindo. E eu riria para agradá-lo. Ele não faria sua piada sobre o azul do mar. Ele evitaria me falar, como fazia antes, que somente o mar do Líbano é azul, que ele nunca viu azul em outro lugar, nem dos outros lados do mar Mediterrâneo, onde as outras orlas não são azuis. Ele me diria que em Paris há muitas árvores e plantas de todos os tipos, que as pessoas que decidiram plantar tudo isso são gênios. Diria que não tem sequer um bairro sem sua cota de bistrôs e cafés e que isso é uma das melhores coisas do mundo. Diria também que talvez ele viesse passar um ano ou dois em Paris. Diria que não é verdade que as pessoas são piores em Paris do que no Líbano e que deve ter um ou dois alunos na minha sala que são dignos de interesse. Diria que ele está muito bem, que é época das romãs e que as romãs são a melhor fruta do mundo, elas e as grandes laranjas verdes, mas doces, que também são dessa época.

Sei me acalmar. O que resta do heroísmo de minha mãe não precisa das minhas birras. Para dizer a verdade, também não gostava mais da escola lá do que aqui, devo ter esquecido. Passo tanto tempo esquecendo. Coloco tanta energia nisso. Estou acostumada, há tanto tempo, a ficar sozinha. Talvez não me pareça mais com os de lá do que com os daqui. Não é tão diferente aqui, afinal. Não acordarmos juntos de manhã, isso não é tão grave. Ele deve mesmo estar muito bem, ele não finge. Ele está muito bem, sempre foi um elétron livre, um solitário, ele não era muito presente, e agora está livre para viver do seu jeito. Tenho certeza que ele gosta de cuidar sozinho das plantas do terraço, não importa qual terraço, que continua comprando jasmim, roseiras e manjerona e que continua falando da horta da minha avó com outras pessoas que não eu. Ele deve estar cercado por todos os seus velhos amigos e, juntos, eles se lembram das hortas de suas mães. Serei compreensiva. Entendo perfeitamente por que eles estão mais tranquilos em me ver aqui. Pode ser que eles tenham razão. Talvez a guerra seja um bom motivo para ir embora. Provavelmente. Sou grande o suficiente para entender isso, acho. Eles devem ter bons motivos para pensar que aqui é melhor do que lá. Seguramente a guerra é um bom motivo para partir.

E depois tem a Sandrine. Não posso deixá-la. Sandrine sorri tanto que acho que ela é um pouco triste. Seu sorriso nunca deixa os lábios, está esculpido em seu rosto. Seu sorriso é enorme, vai de uma orelha à outra e mostra todos os dentes. Nunca a vi sem que estivesse sorrindo. Quando encontro com ela a caminho do colégio, ela já está sorrindo andando sozinha na rua. Sorri durante as aulas, sorri na cantina e sorri no pátio. Eu me pergunto se Sandrine sorri dormindo à noite. Às vezes, durante o intervalo, fico com ela. Sandrine sabe que, na maior parte do tempo, prefiro ficar sozinha, então ela só acena com a mão para me mostrar que está ali se eu tiver vontade de ir falar com ela, mas nunca insiste. É sua inteligência que é bem diferente da dos outros. Sandrine não se sai muito bem nas aulas, apesar de toda sua boa vontade e seriedade, mas tem uma inteligência singular. Um tipo de graça que os outros não têm. Ela acena para mim sem se aproximar de mim, sem surgir em meu espaço. Ela fica a uma boa distância, com seu sorriso. Nunca exagera. Sua discrição e seu comedimento são visíveis até em seu jeito de se mover. Seus gestos são sempre fluidos e harmoniosos. Eu acho que a elegância de Sandrine é uma forma de inteligência.

Sandrine tem uma centelha nos olhos, algo singular. Uma centelha pedindo para se acender. Nunca vi em mais ninguém a luz que os olhos dessa menina têm. Ela se deixa adivinhar, mas está sempre escondida. Sei que ela existe, eu a adivinho, está ali sempre, eu a vejo, apesar do sorriso pregado às orelhas. Sandrine deve acordar com a centelha nos olhos e escondê-la antes de começar seu dia. Ela a troca pelo sorriso. Com a centelha bem escondida, ela dá bom-dia para seus pais antes de tomar o café da manhã na cozinha sórdida. Abraça sua mãe, que eu nunca vi sorrir. Beija seu pai e lhe deseja um bom-dia, e explica para ele que, sim, eu sou árabe, mas uma árabe boa em todos os aspectos, asseada, que fala bem francês, que sou uma boa amiga, polida, gentil e bem-educada.

Então ela espera a noite chegar, quando finalmente está sozinha em seu quarto, para deixar sua centelha brilhar. A luz nos olhos de Sandrine tem algo tão singular, secreto, íntimo, que ela não pode mostrá-la. Pertence somente a ela. Isso poderia lhe causar problemas em casa ou na escola. O mundo como ele é não é feito para esse tipo de diferença. A originalidade mais gritante de Sandrine, além de sua luz, é sua gentileza. Sandrine transpira gentileza. Ela reinventa a palavra. Seu sorriso e sua gentileza despem você de qualquer desconfiança, de qualquer forma de cinismo. Eles desarmam você. Seus pais são os únicos a quem o sorriso de Sandrine não consegue desarmar.

Sandrine pode dissimular sua centelha, mas não suporta nenhuma injustiça. Ela não pode ver ninguém ser maltratado. Foi assim que nos conhecemos. Sandrine e eu. Ela se lançou com uma violência incrível entre mim e um grupo de meninas que estavam zombando de mim no pátio do colégio. Defendendo-me de corpo e alma, a centelha nos olhos de Sandrine fez algumas lágrimas escorrerem em suas bochechas enquanto gritava com as meninas agrupadas em círculo à minha volta. Seu sorriso retomou as rédeas rapidamente quando ela se virou para mim e me mandou parar de ser passiva e me defender melhor do que isso. Não respondi nada, mas o sorriso de Sandrine e eu nos reconhecemos e nos domesticamos instantaneamente. Algumas semanas depois, lhe dei um vaso com uma pequena roseira que eu tinha comprado na maravilhosa bruxa da rua Monge, não só para agradecê-la, mas também porque tinha reparado, quando fui na casa dela, que não havia nenhuma planta nos três terraços do apartamento de seus pais. A luz nos olhos de Sandrine então se acendeu e seu sorriso por alguns segundos se tornou mais discreto. Ela me agradeceu e, depois que lhe expliquei como cuidar da roseira, ela me disse que gostava muito de flores e que era por isso, também, que ela era fã dos anos setenta.

Naquela tarde, falamos de nossas plantas preferidas, Sandrine e eu, e também da estupidez do grupo de meninas que passava os intervalos me assediando. Ela repetiu que não era para eu me deixar agredir e respondi que já estava acostumada. Depois, fomos para o Jardin des Plantes[9], perto da casa dela, para eu lhe mostrar as plantas

[9] O Jardin des Plantes foi criado em 1635 como jardim medicinal pelo rei Luís XIII e serviu, ao longo do tempo, como local de pesquisa para botânicos, médicos e farmacêuticos. Após a Revolução Francesa, transformou-se em jardim botânico e em 1793 foi instalado, nas suas proximidades, o Museu de História Natural. Em seu interior, estão situados, entre outros, o Ménagerie, um dos zoológicos mais antigos do mundo, o Roseiral e o Jardim Alpino. (N. do T.)

que conhecia. Sentamos em um banco e fumamos nosso primeiro cigarro juntas. Ela o tinha roubado no maço do seu pai na véspera e o tinha guardado para que o compartilhássemos. Nesse dia, em meio aos cheiros de tabaco, louro, rosas e do perfume dos cabelos de Sandrine, pensei nele. As plantas, a fumaça e os silêncios que conhecem o peso das palavras me fizeram fechar os olhos alguns segundos para me lembrar de suas mãos que conheço tão bem e dos sussurros do mar. Disse a mim mesma que ia escrever para ele naquela mesma noite para lhe dizer que estava tudo bem e sem perguntar se ele estava pensando em vir logo. Somente para falar das plantas do jardim da escola de botânica e das do jardim alpino, dos milhares tipos de roseiras do Jardin des Plantes e de seus nomes, e lhe perguntar que novas plantas tinha comprado. Pensei que eu ia escrever para lhe dizer que estou muito bem, que aprendo o nome das plantas em francês e que, muitas vezes, o que está escrito nas placas do Jardin des Plantes é o nome em latim das plantas. É difícil de lembrar, mas dar um nome universal às árvores e às plantas é uma boa ideia.

Quando liguei para Sandrine, semana passada, para lhe contar que queria voltar, que não gostava de nada aqui, nem dos lugares, nem das pessoas, ela chorou. Adivinhei as lágrimas escorrendo do outro lado da linha, mesmo quando ela tentou argumentar em um tom encorajador e brincalhão para me animar. Quando adivinhei que Sandrine estava chorando, fingi estar de acordo com seus argumentos e me acalmar. Na verdade, nenhum dos seus argumentos tinha me convencido. No exato segundo em que a escutei fungar discretamente, já tinha resolvido ficar porque fazer Sandrine chorar deveria ser punido por lei. Foi adivinhando as lágrimas de Sandrine que soube que ia ficar.

PARIS, JARDIM DE LUXEMBURGO[10], 1996

O GARÇOM volta regularmente para me perguntar se quero mais alguma coisa. Na próxima vez que voltar, pedirei um segundo café. Sempre tomo dois. Sempre fico o tempo suficiente para ficar com vontade de tomar outro. Não podia ir embora antes de tomar um café no Jardim de Luxemburgo. Foi uma boa ideia instalar um café bem no meio do jardim. No caminho, eu esperava encontrá-lo aberto, apesar desse frio congelante. Fiquei feliz ao chegar, quando vi que as mesas e as cadeiras estavam do lado de fora e que, mesmo no mês de janeiro, havia algumas pessoas, encapotadas em sobretudos pesados, no terraço. Nunca venho a Paris sem passar uma parte da manhã no Jardim de Luxemburgo. É uma tradição. Coloquei algumas folhas e uma caneta na mesa, assim que me instalei, para lhe escrever uma carta. Eu a deixarei com seu irmão, que lhe entregará assim que ela voltar. Amanhã, pegarei o avião sem tê-la visto. É a primeira vez que vou embora sem vê-la. Nas últimas visitas, já passava cada vez menos tempo com ela. Achava que isso era normal, ela estava crescendo, estava com vontade de estar com seus amigos, de sair.

Quando seu irmão me falou que não a via há dois meses, comprei uma passagem de avião. Sabia que numa situação como essa minha presença não adiantaria muito, mas reservei um voo para o dia se-

---

[10] O Jardim de Luxemburgo, juntamente com o Palácio de Luxemburgo (que abriga atualmente o Senado francês), foi uma iniciativa da viúva do rei Henrique IV, Maria de Médicis, em 1612. Ao longo do tempo, seu espaço foi sendo progressivamente ampliado, e hoje é um dos maiores parques públicos da França. Seus quase 22 hectares reúnem extensos gramados, árvores antigas, uma grande quantidade de flores e pequenos lagos, além de mais de cem esculturas. (N. do T.)

guinte. Pensei que, sem dúvida, era isso que tinha que ser feito. Bem que eu estava mesmo com vontade de rever Paris e quando chegasse a veria. Esperei que ela me ligasse, e tomei cuidado para manter a voz calma e baixa, e sobretudo não aumentar o tom. Sabia que levantar a voz não era a coisa a fazer. Nunca tinha sido nem um pouco autoritário com ela, nunca tinha exigido nada dela e agora então que não era para começar. Não sei fazer esse tipo de coisa, nunca soube. Senti em sua voz que ela estava desestabilizada e emocionada por falar comigo. Tentei achar algumas palavras, colocá-las na ordem certa, para construir uma frase que não lhe desse vontade de desligar na minha cara. Perguntei onde ela estava, disse que tinha vindo vê-la, que fazia tempo, que estava com saudades dela, que gostaria que nós marcássemos uma hora para conversar. Ela respondeu que também estava com saudades, mas que não estava em Paris. Estava longe, em algum lugar da Espanha, e tinha marcado um encontro com amigos em um festival que acontecia em Portugal. Acrescentou que, assim que terminasse o que tinha que fazer, tentaria, é claro, vir me ver.

A todas as minhas perguntas sobre como se virava para comer, dormir ou se deslocar sem dinheiro, respondia para eu não me preocupar. Tentei pensar em palavras que a convenceriam a voltar, mas sabia que não as encontraria. Reservei um tempo, antes de cada frase, para engolir minha saliva e relaxar minha garganta, para que ela não pudesse perceber nada da minha emoção. Respondeu a todas as minhas perguntas muito rapidamente, antes de me dizer que seu cartão telefônico estava quase sem crédito e que, provavelmente, a ligação iria cair. Então eu disse que sempre tinha tido vontade de visitar a Espanha, lhe pedi para me dar o nome da cidade onde estava hospedada e onde seu irmão e eu poderíamos encontrá-la, já no dia seguinte. Usei um tom de voz animado e exageradamente entusiasmado. Após um longo silêncio, eu escutei "está bem", ela ligaria no dia seguinte para me indicar onde estava, no momento estava em uma estrada do interior, em um orelhão no meio do nada, entre duas aldeias das quais ela nem se lembrava mais os nomes. Esperei sua ligação no dia seguinte, sabendo perfeitamente que o telefone não tocaria. Nem naquele dia, nem no dia seguinte, nem no outro dia, nem na semana seguinte.

Entendi então que era mais do que uma crise de adolescência. Abandonar a escola sendo boa aluna e sair meses de casa aos dezoito anos é mais do que isso. Dormir fora em janeiro é mais do que isso. Sei exatamente junto a que tipo de pessoa ela encontrou refúgio. Conheço esses jovens que deixam sua família, seu meio social, e que pegam as estradas. Tem os que vão embora como ela, e os que são jogados fora. Aqui, aparentemente, o que se faz é botar os filhos porta afora. Uns e outros se frequentam e se acompanham fingindo estar na mesma situação, ter escolhido a mesma direção. A de rejeitar tudo de uma vez. Os que foram expulsos e os que fugiram vão embora pelos mesmos motivos, porque o mundo se tornou estrangeiro para eles. Partir não é uma questão de geografia. Todos já tinham ido embora antes mesmo de cair na estrada.

Desde pequena, ela não pode passar em frente a um mendigo sem ficar mexida. Não pode ver uma criança colocada de castigo pela professora sem sentir um nó na garganta. Não pode ver um fraco, um pária, um diferente, um inadequado sem que seu corpo inteiro reaja. Quando era pequena, via sempre um filme no qual uma menininha fica amiga de um louco que escapou de um asilo psiquiátrico. Eu me pergunto agora quem teve a ideia de um filme tão perturbador. Até os filmes para crianças tinham se tornado doentios no país. Eu nunca devia ter deixado que ela assistisse a uma coisa daquelas. Ela sempre foi sensível à diferença, ao fora da norma, ao singular.

Sei que só vai durar um tempo. Ela é tão singular que, até nesse grupo do não grupo, nesse sistema do não sistema, verá que também não se parece com eles. Ela já deve estar sentindo isso. Ela deve fazer esforços desmedidos para fingir que sim, que eles têm tudo em comum, que se entendem bem e que são solidários em tudo. Ela deve ficar exausta de mentir todos os dias. Sei que ela é formada de uma liga única e sei também que isso implica angústia e mal-estar. Sei o conforto e a tranquilidade de espírito em se sentir parte de um clã, de uma causa, de uma crença. Sei que ela viu o preço que nós pagamos, sua mãe e eu, por não pertencer a nenhum. Sei que lá, onde estávamos exilados, ela também estava. Mas, como nós, ela também deverá admitir, mais cedo ou mais tarde, que é impossível pertencer a qualquer que seja o grupo, qualquer que seja o clã, qualquer que seja a crença comum. Ela segue o grupo dos diferentes até o dia em que não conseguirá mais fingir. Até o dia em que verá que é diferente entre os diferentes, estrangeira entre os estrangeiros, marginal entre os marginais. Conheço essa sensação e sei o quanto é difícil senti-la todos os dias. Sei o quanto é difícil fazer dessa solidão uma peculiaridade, uma singularidade assumida. Nem sempre consigo. Ela não foi embora como os outros vão embora. Ela não tem a mesma história que esses jovens que se vão para cultivar seus ideais nas estradas. Eu bem imagino do que ela quis se libertar. Não possuir mais nada, não ter mais nenhum apego, não ter nada a perder, nada a renunciar. Ela passou a vida tendo que renunciar a tudo: seus brinquedos, sua casa, sua cidade, seus amigos, sua família, seu país, sua língua. Eu a forço a renunciar a mim há tanto tempo. Partir é a melhor forma de não ter mais nada a perder.

Vou esperar que passe. Vou esperar que ela volte. Não sei o que fazer além disso. Também odeio tudo que se parece de perto e de longe à autoridade paterna, à autoridade e ponto. Partir é a melhor forma de não ter mais nada a perder. Não vou inventar. Vou esperar e esperar, é difícil. Esperar leva tempo. Esperar é uma eternidade imaginando seu corpo dormindo ao relento, no inverno. Uma eternidade imaginando suas mãos geladas. Uma eternidade imaginando-a a pedir carona na estrada à noite. Uma eternidade sem saber onde ela está. Esperando o telefone tocar. Uma eternidade imaginando o que ela deve beber ou ingerir de produtos de qualquer tipo para se exilar um pouco mais, partir para mais longe, para suportar melhor, afastando-se do que ela é, para fingir ainda melhor, assinar sua partida. Inventar uma outra realidade, criar um país, inventar novos lugares, virgens de tudo o que conheceu antes. Matar o antes. Matar o passado todo. Nos matar.

Levo o café até a boca imediatamente depois que o garçom o deixou na mesa. Senão, ele ficaria frio em segundos. Em todos os canais de televisão e em todos os jornais, comenta-se a onda de frio inédita que se abateu sobre a Europa. Espero que ela tenha luvas. Sempre sentiu frio nas mãos e nos pés. Sempre foi friorenta. Penso em suas mãos que conheço tão bem, em seus dedos longos que nunca param de ficar mais finos, no pequeno calombo no punho e na música das suas pulseiras de prata quando seu braço se move. Olho para a pilha de folhas na mesa e penso que vai ser necessário tirar as luvas para conseguir escrever. Vou escrever para ela. Vou escrever para ela porque nunca consegui falar com ela, mas talvez saiba escrever para ela.

Nas poucas cartas que trocávamos, não falávamos muito das nossas vidas, nem do que pensamos, nem do que sentimos. Ela me escreve para me agradar, acho. Há uns dois ou três anos, ela me escreve em francês. Ela deve começar a perder seu idioma materno. Ela me escreve cartas curtas nas quais se contenta em pedir notícias minhas, dizer que está com saudades e que está tudo bem com ela. Minhas cartas são mais longas, mas eu escrevo sobre minha vida do dia a dia, conto banalidades; no melhor dos casos, a poesia da primavera de volta ou os botões da roseira no terraço. Também não digo nada, quase nada pelo menos. Eu também sempre repito que está tudo bem. Tenho vontade de dizer mil coisas que não conseguirei escrever. Sou um especialista em banalidades, piadas, generalidades e lugares comuns. Sou perito na arte da fuga. Só sirvo para lhe dizer que penso nela.

Vou pegar a caneta e escrever para ela que estou muito bem, e que, até mesmo no inverno, o Jardim de Luxemburgo é maravilhoso. Vou contar para ela que o café esfriou em dois segundos, tempo de eu pegar a xícara na mesa e levá-la até a boca. Vou lhe dizer que comprei um lindo chapéu marrom em uma butique do bulevar Saint-Michel porque esse frio de janeiro e minha calvície não combinam. Espero fazer com que ela ria com essa minha história de calvície que só aguenta o clima mediterrâneo. Vou dizer para ela que, duas semanas atrás, eu estava no café que ela gosta, à beira-mar, o clima estava ameno e eu pensei nela. Tem um galo idiota no bairro, que canta o tempo todo, qualquer que seja a hora. Eu me pergunto qual imbecil teve a ideia de ter um galo na cidade. Vou falar demoradamente do galo e da personalidade que eu imagino para ele. Vou contar que meu jasmim deu milhares de flores no verão e que, pela primeira vez, coloquei uma pequena lona em volta do vaso nesse inverno. Depois que aprendi a fazer sopa de lentilhas, agora sou perito em sopa de lentilhas e eu poderia comer isso todos os dias. Não lhe direi que gostaria que ela também a comesse, que me preocupo com o que ela pode comer e com todo o resto também. Me conheço, não vou lhe dizer nada. A última coisa que eu queria no mundo era fazê-la se sentir culpada. Com que direito? Só faltaria isso, acrescentar uma camada na mochila que já deve ser muito pesada em seus ombros delicados. Não lhe direi que, todos os dias, vou esperar sua ligação, nem que ela deve tomar muito cuidado nas estradas, nunca se sabe quem podemos encontrar.

Sei que isso não serve para nada, exceto para fingir que sei dizer as mesmas coisas que os outros nesses casos.

Sei que ela vai acabar voltando, mas não sei quando. Os estudos não são o mais importante. Se ela decidir prestar o exame de fim do ensino médio, pode ter êxito mesmo que nunca tenha pisado a sala de aula do terceiro ano. Não é o mais importante. Os estudos são a última de minhas preocupações. O mais importante é ela voltar. Sei que acabará voltando, mas não sei qual será a amplitude das perdas, não sei quais serão os danos, não sei qual será o preço a pagar. Sei que sempre tem uma conta a pagar. Sou perito em contas a pagar. Sei que ela vai voltar, mas não sei quando, nem em que estado. Não sei qual será o valor da conta. Já vi jovens que não conseguiram se levantar. Tenho medo que ela vá longe demais, que vá aonde nós nos traímos demais, onde nos autodestruímos demais para podermos levantar de novo. Lá onde o túnel é tão escuro que perdemos de vista a criança que está em nós, lá onde é tão escuro que se torna impossível encontrá-la para pegar sua mão e lhe dizer para não se preocupar, vamos avançar os dois juntos, não a soltaremos, não tem nada grave, vamos sair dessa juntos. Tenho medo que ela se aventure longe demais em um caminho errado, uma rua sem saída. Tenho medo que não veja, com suficiente antecedência, que é uma rua sem saída. Tenho medo que, uma vez no fim do caminho, lá onde ele se transforma em um precipício, ela não tenha mais força para dar meia-volta, que ela tenha se esgotado demais no caminho.

Sei que ela acabará voltando e quero decidir que nada conseguirá destruí-la, que não pode ser de outro jeito. Quero decidir que nada pode lhe acontecer porque não pode ser de outro jeito. Porque não sobrevivemos a quinze anos de guerra civil para encalhar na beira de uma estrada. Porque sou covarde demais para imaginar tudo o que poderia lhe acontecer. Ela não irá longe demais. Ela vai desafiar todas as leis da perdição e da autodestruição porque não tem como ser de outra forma. As forças da terra e do céu, a galáxia, o universo inteiro farão com que isso não aconteça. Ela vai voltar e vai se levantar. E se ela cair de novo, levantará de novo, e de novo. Quantas vezes for necessário. Porque é o que fazemos o tempo todo há vinte anos. Porque, depois de noites inteiras na escada, voltávamos para tomar um sorvete à beira-mar. Porque depois de noites inteiras abandonando-a, gritando na sala como um louco a minha autodestruição, minha perdição, toda vez eu comprava plantas em vasos para que nos lembrássemos juntos que estávamos vivos. Ela sempre se levantará, não porque eu o decidi, mas porque o universo inteiro, aquele que conheço, não consegue ficar sem ela. Porque os oceanos, os mares, as florestas, as montanhas precisam de suas mãos. Porque ela é parte integrante das leis da física que fazem as galáxias, os planetas desconhecidos e as estrelas tão velhas quanto o mundo. O equilíbrio infinitamente frágil do cosmos está por um fio, seu fio, sua decisão de se levantar. Ela se levantará. Ela vai demorar o tempo que for preciso. E eu estarei ali, caindo cada vez um pouco mais baixo e me levantando, toda vez, e esperando. Nós estaremos todos ali, esperando-a, nós e o universo inteiro, sem impor a menor condição, sem fazer a menor pergunta, sem nada lhe pedir, além de se ela está com vontade de tomar uma sopa de lentilhas.

PARIS, JARDIN DES PLANTES, 1999

FOI UMA BOA IDEIA instalar um café no Jardin des Plantes. Todo jardim em Paris deveria ter seu café. Passei pelo grande portão da rua Buffon e me alegrei imediatamente ao ver que o jardim estava praticamente vazio. Olhei na direção do pequeno quiosque para verificar se as mesas e as cadeiras, apesar do frescor matinal, estavam do lado de fora. Antes de vir me sentar na minha mesa habitual, aproveitei para dar uma voltinha até a grande cerejeira florida do Japão. Ela sempre floresce no início do mês de março. Quando estou no Jardin des Plantes, sempre venho visitá-la. A cerejeira do Japão do Jardin des Plantes é uma obra de arte, a manifestação do sublime, um mundo encantado por si só. Ela não é muito alta, mas estende seus galhos por uma centena de metros quadrados. Quem não conhece bem o jardim, não poderá adivinhar o banco que um gênio resolveu instalar perto do tronco, debaixo dos imensos galhos que o escondem, e cujas extremidades encostam no chão. Conheço esse banco desde meus doze anos e não consigo visitar a cerejeira sem me esgueirar por debaixo de seus galhos e me sentar ali alguns minutos. Quando o banco está ocupado por outra pessoa, não me decepciono, sorrio para ela e sigo meu caminho, encantada de ver que outras pessoas sabem de sua existência e vêm se sentar ali em uma fresca manhã de março, em um dia de semana, quando o jardim ainda está tão silencioso que quase escutamos a cerejeira respirar e as pétalas caírem. Estou sentada na minha mesa de sempre e sei que vou ficar o tempo suficiente para ter vontade de tomar outro café. No Jardin des Plantes, tenho meus rituais: o horário em que chego, o banco da cerejeira, a mesma mesa no café e um percurso de passeio sinalizado no qual passo diante das mesmas roseiras, das mesmas plantas do jardim alpino, e na mesma alameda bordejada de árvores que vai das margens do Sena até a rua Geoffroy-Saint-Hilaire, em frente à mesquita. No Jardin des Plantes, tenho hábitos, um tipo de disciplina. Não tenho talento para prever nada, estou acostumada a decidir cada hora num lance de dados. Quando alguém me pergunta sobre meus planos, até mesmo os do dia seguinte, não sei o que responder. É só no Jardin des Plantes que sou muito certinha.

Olho para o livro de história que coloquei na mesa ao chegar, mas não estou muito a fim de abri-lo. Estaria a fim de uma coletânea de poesias, mas não tenho nada desse tipo e me arrependo de ter na minha mochila somente manuais de preparação para o exame. Farei o exame, não me incomodo. Não tenho nada contra. Comprei alguns livros para ter algo a escrever, algo a dizer, quando estiver na sala de exame. Dizem que a faculdade é melhor do que o ensino médio, que não tem nada a ver com ele, é o que dizem. Meus pais costumam me contar episódios engraçados sobre o período em que eram estudantes. Acho que eles eram felizes. Como não gosto que se preocupem comigo, eu disse sim. Estava fora de questão voltar para qualquer coisa que se assemelhe, de perto ou de longe, a uma escola, essa foi minha única condição. Não queria ouvir falar em cursar o terceiro ano. Disse que compraria alguns livros, os leria e que, com um pouco de sorte, isso bastaria.

Não decidi voltar. Não sosseguei, não refleti. Minha cabeça não decidiu nada. Foi meu corpo que parou. Foi meu corpo que, uma noite, resolveu parar de obedecer ao que lhe ordenava, ao que exigia dele havia três anos. Entretanto, eu dispunha de um monte de técnicas para mantê-lo longe, e que tinham funcionado mais ou menos bem. Eu tinha meus rituais, meus truques, métodos que eu aperfeiçoara com o tempo para fazer meu corpo esquecer o que era preciso esquecer. Mas ele me traiu. Ele resolveu lembrar que minha mãe tinha passado os três últimos anos esperando que eu voltasse. Me lembrei de suas mãos que eu conheço tão bem, as reconheceria entre milhares. Me lembrei do seu perfume, de sua maciez, dos pulsos delicados, das veias aparentes, das unhas lisas, dos dedos finos e da pequena protuberância no punho. Meu corpo se lembrou de suas mãos que fizeram e desfizeram tantas malas a ponto de elas terem se tornado uma casa em si. Foi meu corpo que, uma noite, puxou para si todas as lembranças, todas as imagens e os cheiros que podia. Ele enviou em minhas veias um mingau grosso, velho como o mundo de fragmentos de um monte de imagens. Ele não separou nada, não respeitou nenhuma cronologia, nenhuma lógica. Ele se lembrou tão bem que se decidiu, rancoroso, por uma ruptura brutal, um divórcio violento. Ele quis que isso acontecesse nos gritos, no psicodrama.

Meu corpo me desobedeceu pela primeira vez em uma noite de julho, em frente à uma fogueira com essências desconhecidas, debaixo de um céu estrelado, em que ninguém falava das constelações, das flores e das árvores além do menino que eu tinha acabado de conhecer. Meu coração decidiu que estava cansado de bater em um ritmo lento, monótono, militar e regular. Decidiu que não queria mais saber das minhas orientações nem das minhas instruções. Decidiu tomar o ritmo do campo de batalha, da metralhadora esvaziada quando não se sabe nem em que direção atirar, quando não se sabe onde o inimigo se esconde e quando atiramos tudo o que temos de munições, em todas as direções possíveis, para aumentar nossas chances de atingi-lo. Ele atirou a noite toda. Atirou tanto, por tanto tempo e tão rápido, que acabou me atingindo.

Deitei na grama, no escuro, longe do fogo, entre um buxo e um carvalho verde, fechei os olhos e negociei. Prometi ao meu coração que, se ele me deixasse ver um novo amanhecer, poria fim às hostilidades. Jurei que se saíssemos dessa noite, ele e eu, aceitaria me lembrar de tudo que ele queria. No amanhecer, quando a escuridão finalmente abdicou, meu coração aceitou meu acordo e retomou um ritmo normal.

Eu tinha mentido para ele. Houve outras noites, novas fogueiras com essências desconhecidas, novos céus com estrelas sem nomes, novas florestas com árvores sem denominação, novos cerrados com flores sem nomeação, com ervas aromáticas sem designação. O verão voava e a cada noite eu negociava com meu corpo a noite seguinte. Prometia-lhe tudo no que ele queria acreditar para que ele concordasse em se curvar no início da manhã e me acompanhar sabiamente para uma nova noite. Arrastei-o, irritada com seus caprichos, pelos caminhos da minha escolha, e ele me transportou, noite após noite, a demasiadas falsas promessas, a demasiadas amnésias, ao curto-circuito em uma noite de agosto. Meu corpo, deitado entre um espinheiro e uma giesta, lembrou-se das mãos de minha mãe e desse algo mágico que havia nas palmas. Ele abdicou.

Não demonstrei nenhuma sabedoria. Meu corpo só se recusou a continuar, meu coração parou, ou continuou, não sei mais, eu morri. E quando morremos, os que nos amam levam nosso corpo de volta para casa, então aquele que me ama levou meu corpo para minha mãe. Ele estava tentando me convencer a não morrer há semanas, mas eu não queria saber. Ele trouxe meu corpo de volta para ela e ela levou meu corpo sem vida de um médico a outro, tentando me ressuscitar. Não me arrependo de nada. Acho isso idiota, pessoas que têm arrependimento. É que eu não conseguia esquecer minha mãe. Minhas técnicas para esquecer o resto ainda precisam ser aperfeiçoadas. É preciso dizer que os livros sobre plantas começavam a pesar na minha mochila. Três anos são livros demais para carregar. Eu tinha continuado a espiar os botões do espinheiro na primavera, a conseguir não perder os três ou quatro dias de colheita em que as flores ainda não abriram, e não achava mais lugares para deixá-las secar. Tinha continuado a anotar todo tipo de plantas e de árvores em meu caderno. Eram lembranças, livros e cadernos demais, então meu coração parou e eu voltei. Não sei o que fazer com isso, com esse mingau de lembranças que meu corpo resolveu chamar. As plantas da lembrança e as do esquecimento estão em guerra aberta nos diferentes córtex da memória. As lembranças são caóticas, desorganizadas, não têm pé nem cabeça. As imagens fictícias se misturam às lembranças reais e tenho muita dificuldade em diferenciá-las. Acho que isso deve ser um pouco visível porque ontem ela me deu um livro chamado *O livro das boas ervas*.

Quando encontrei Sandrine na rua duas semanas atrás, não a via há três anos. Não a via há três anos porque Sandrine é a pior pessoa para se ver quando o que você quer é esquecer. Seu sorriso ressuscitaria todas as lembranças de qualquer pessoa. Seu sorriso era a última coisa que eu queria ver durante esses três últimos anos. O sorriso de Sandrine é uma enciclopédia botânica por si só. Ele não deixaria ninguém morrer na grama em uma noite quente de verão. Eu queria ir embora para longe, e longe era longe dos olhos de Sandrine, que conseguiriam segurar o mais aventureiro, o mais determinado dos fugitivos, o mais motivado dos desertores, o mais nômade dos nômades. Foi um nômade, um mano do tipo que eu conheço bem, que ela conheceu alguns meses depois que fui embora. Um mano que não devia ter muito para lembrar, senão os olhos de Sandrine teriam se encarregado disso. Ele teria se lembrado de tudo, se tivesse deixado uma muda de manjerona em uma sacada em algum lugar, e nunca mais iria conseguir se afastar dos olhos de Sandrine. Muito menos abandonar seu sorriso.

Quando reconheci sua silhueta na rua, meu coração disparou e acelerei o passo, com um sorriso no rosto, para correr e abraçá-la. Assim que cheguei perto o suficiente para adivinhar seus olhos, eu soube. Não precisei de mais do que alguns segundos para compreender que ela tinha ido embora. Não saberia dizer se a centelha em seus olhos tinha se apagado ou se agora brilhava intensamente. Sandrine não estava mais aqui, não estava mais no mundo dos vivos que nós conhecemos. Seus olhos miravam todas as direções e lugar nenhum. Sua silhueta de antiga bailarina não existia mais. As costas estavam curvadas, os braços não encontravam mais sua posição inicial ao longo do corpo e pendiam, moles, como se tivessem sido desossados. Ela me viu chegar e gritou meu nome, correndo na minha direção. Ela não estava com raiva de mim, ela estava feliz em me ver.

O sorriso de Sandrine tinha sumido e se transformado em uma risada crônica, que pontuava todas as suas frases. Ela começou a falar e a rir e só parou meia hora depois. Ela tinha se apaixonado pelo tal cara de mochila depois da minha partida e ele, depois de ter lhe prometido tudo, tinha partido como tinha chegado, algumas semanas depois, sem nunca mais dar notícias. Sem nunca parar de rir, ela me disse que tinha lidado mal com essa separação e que, depois, tinha tido problemas, problemas sérios que fazem com que agora ela viva em um centro especializado em pessoas que também têm problemas. De vez em quando, ela volta para passar o fim de semana com os pais. Ela me abraçou antes de me contar, rindo alto, que estava melhor, que agora estava apaixonada por um dos meninos do centro e que a melhor notícia do mundo era que agora ela tomava anticoncepcional.

Sandrine se calou dois segundos, depois de um monólogo de trinta minutos, para me perguntar se eu também tomava anticoncepcional. Foi a única pergunta que me fez. Respondi que não e ela continuou falando, pontuando cada frase com uma risada e me contando todo tipo de história do centro especializado onde mora agora. Esperei um pouco ela se acalmar e a interrompi para lhe perguntar se ela queria vir dormir em casa naquela noite, como nos velhos tempos. Sandrine insistiu tanto que seus pais concordaram. Ela passou a noite em minha cama, sem fechar o olho, fazendo com a parte de cima do corpo, a cabeça nos joelhos, um movimento pendular. De vez em quando, sua risada nervosa voltava, misturada com um soluço de dor. Eu só podia passar a mão em sua testa e lhe afagar as costas. As palavras morreram quando Sandrine morreu. Seus olhos e seu sorriso se apagaram levando todas as palavras de todos os idiomas com eles.

Ela foi embora de manhã cedo. Esperei até não escutar mais o eco de suas risadas e soluços que ressoaram no pátio do prédio e se tornaram mais e mais fracos, até que desapareceram, assim que ela se afastou o bastante na rua. Há duas semanas, ouço Sandrine rir e chorar lá longe. Já tinha entendido que ela estava morta antes de convidá-la para dormir lá em casa. Soube disso no primeiro segundo em que a vi. Talvez eu quisesse uma última noite com ela para lhe dizer adeus. Queria velar seu corpo. Eu a velei a noite toda. Velei seu corpo porque é o que tem que ser feito, eu acho, quando alguém morre. Ela está morta e não existe ninguém que possa ressuscitá-la. Quero pensar que a luz dos olhos de Sandrine não foi feita para este mundo. Que, lá onde ela está, sua luz ainda vive. Quero acreditar que não foi porque sua mãe não levou seu corpo de médico em médico até achar alguém que pudesse trazê-la de volta à vida.

Vou escrever para ele para dizer que estou bem e que não há mais com o que se preocupar. Não lhe contarei que estive morta e que meses de reanimação e de magia de todos os tipos foram necessários para que o coração aceitasse funcionar de novo. Não contarei nada do que fiz durante os três últimos anos. Não contarei nada porque nunca conversamos sobre quando estamos tentando esquecer. Não contarei nada da morte de Sandrine. Nem do resto. Não contarei que os olhos de Sandrine e sua risada que soluça são a coisa mais triste do mundo, a pior coisa que já vi. Que seus olhos são meu ponto de ruptura com o universo e o mundo inteiro. É Deus que morre mesmo quando somos ateus. É o absurdo que triunfa sobre o sentido e todo o resto. Não lhe direi que Sandrine é o corpo caído no campo de batalha da guerra entre a graça e o caos. Foi o caos que escolheu o que a graça tornou mais doce, mais delicado, mais terno, para sacrificá-lo como sinal de desafio.

Direi a ele que tudo está indo muito bem e que a primavera dá vida a todos os átomos das plantas e das árvores do Jardin des Plantes. Direi como os jardins são lugares mágicos, suspensos, em que o tempo e o espaço desaparecem. São um pedaço de eternidade e países sem fronteiras e sem pertencimentos. Não faz diferença nenhuma se estamos em um jardim em Paris ou em Berlim. Contarei sobre a cerejeira do Japão, sobretudo quando está em flor. Direi que ela é uma coletânea de poemas por si só, que é impossível descrevê-la, e que ele deveria vir em março para sentarmos um pouco, numa manhã, nós dois juntos, no banco secreto que não é tão secreto assim. Direi que fico feliz quando vejo outra pessoa lá, não sou a única que gosta de se sentar debaixo dos galhos imensos. Contarei sobre o jardim da escola de botânica que transborda de plantas medicinais de todos os tipos. Começo a entender bastante sobre plantas. Contarei como tudo é questão de dosagem e, em consequência, muitas plantas podem ser remédio e também veneno. É interessante saber que o que chamamos de "ervas daninhas" abrange, na verdade, muitas plantas medicinais. Contarei sobre as milhares de roseiras com nomes que são cada um mais engraçado do que o outro e direi os nomes de algumas.

Não vou dizer que, entre duas risadas e dois soluços, Sandrine tinha se perguntado sobre o que tinha acontecido com a minha roseira, se seus pais a tinham jogado fora depois que murchou ou se alguém a tinha roubado do parapeito da janela de sua cozinha. Tenho certeza que o pólen da sua roseira deve ter polinizado o Jardin des Plantes inteiro. Mil abelhas e mil ventos fizeram necessariamente alguma coisa para que sua roseira nunca morra. Existe algo dela que sobreviveu, não pode ser de outra forma. Não contarei que a roseira de Sandrine é imortal, de uma espécie desconhecida, mágica, e que nada pode matá-la. Ela cresceu debaixo de seus olhos e desse sorriso que nunca a deixava, ganhou uma robustez rara, tornou-se indestrutível, invulnerável a todas às doenças, imortal. Se todas as roseiras do mundo viessem a morrer, essa seria a última a sobreviver, ela é eterna, como o sorriso de Sandrine, e não liga para as doenças que fazem morrer meninas de vinte anos e caras de mochila que mentem para as fadas.

AEROPORTO INTERNACIONAL DE BEIRUTE, 2000

FICAREI SENTADO ALI, como sempre, no café do aeroporto, até o avião decolar. Percebo claramente que isso é estúpido e que minha presença aqui não faz o menor sentido, mas prefiro ficar aqui até o fim. Nunca se sabe, sempre tenho medo que surja uma complicação qualquer. Um oficial que decide ser zeloso e que os manteria no posto de controle até eles perderem o avião, uma bagagem muito pesada que a comissária de bordo se recusaria a despachar, ou sei lá mais o quê. Ela já foi retida pela imigração ao chegar porque o oficial não gostou que ela apresentasse seu passaporte francês em vez do passaporte libanês. Explicar para ele que ela não tinha tido tempo de renovar o passaporte libanês não foi uma desculpa satisfatória e ela teve que negociar para não ter que pagar o visto de entrada reservado aos estrangeiros. Quando a vi deixando o hall das chegadas, uma hora depois de seu irmão, ela tremia de raiva. Se eles perderem o voo, prefiro estar aqui para buscá-los. Ligarei à noite para saber se ela está um pouco melhor. Perguntarei como ela está e ela não vai me dizer. Ela me dirá que está bem.

Adeus em segundos, como sempre. Um beijo rápido e olhares que tomam muito cuidado para não se encontrarem. Adeus como se estivéssemos nos separando por dois ou três dias. E sobretudo não pensar que só voltaremos a nos ver daqui a um ano. Esse ano, tomei ainda mais cuidado que nos outros para não mostrar nada em particular, nada mesmo, não cruzar com seu olhar. Depois da noite que tínhamos acabado de passar, a última coisa para se fazer era olhar o outro nos olhos. Ela também tomou cuidado para que o abraço fosse breve e para que, acima de tudo, os olhares não se encontrassem. Ela caminhou em direção ao portão de embarque sem se virar. Assim que chegou no lugar em que as pessoas se perdem de vista e têm a última oportunidade para dar adeus com um aceno de mão, ela fez uma pausa curta e depois seguiu seu caminho. Fiquei lá um tempo, antes de tomar a direção do café.

Queria que saíssemos pela cidade nessa última noite juntos, que trocássemos ideias e que ela aproveitasse a última noite de verão. Queria lhe mostrar o centro da cidade novo em folha. Fingir que o centro da cidade não era imundo, com suas lojas de luxo alinhadas e seus prédios desertos, seus apartamentos vazios que ninguém tem condições de pagar. Queria que ela pusesse um vestido bonito e que fôssemos mostrar a graça de seus vinte e três anos no terraço de um café. Sair para afogar a emoção da última noite na multidão, nas luzes da cidade e em algumas bebidas. Insisti para que fôssemos ao centro da cidade e não à beira-mar, como ela queria. Durante suas três semanas aqui, toda vez que lhe perguntava o que estava a fim de fazer, ela me respondia que queria tomar um café à beira-mar. Ela recusava os convites dos primos e do irmão e passava todo seu tempo grudada em mim. Quando eu saía, ela só dormia quando eu chegava. Eu bem que lhe dizia para fazer coisas de sua idade, se divertir, mas ela não estava a fim. Ela ficava em casa comigo. Quando eu acordava de meu cochilo diário, sempre a encontrava no terraço, sentada na minha mesinha, tendo à sua frente uma xícara de café e um monte de folhas escurecidas com sua letra. Ontem à noite, falei para ela ao diabo o romantismo e a praia.

Ela não colocou o vestido, mas aceitou me acompanhar. Andávamos de braços dados, sem falar nada, sem procurar ocupar o silêncio da última noite. Já no terraço do café, perguntei o que ela achava do novo centro da cidade. Ela respondeu que não conhecera o antigo, mas que esse cheirava a artifício, à falsificação, dava a impressão de uma cidade fantasma, mesmo com a multidão nas ruas. Ela tinha certeza que eu também não gostava do centro da cidade. O que ela estava com vontade mesmo era de tomar um café à beira-mar, mesmo entendendo perfeitamente que eu queria lhe mostrar o centro reconstruído. Ela repetiu, mais uma vez, que nunca tinha visto o centro antigo, nem antes da guerra, nem quando ele não era nada mais do que ruínas. Que era sorte minha tê-lo conhecido naquela época, quando a cidade era uma cidade. Sorrindo, eu lhe respondi que ela era mesmo a filha de seu pai e a única pessoa que eu conhecia que era ainda mais inteligente que eu. Queria fazê-la rir. Rimos.

O garçom veio anotar o pedido com reverências dignas dos preços surreais cobrados. Ele se permitiu dizer, com muita educação, que nós nos parecíamos muito e que ela era magnífica, se desculpando de antemão se eu viesse a não gostar de seu elogio. Realmente, eu não gostei e exigi um outro garçom. Eu já tinha bebido um pouco em casa e me arrependi imediatamente. Me desculpei com um sorriso e apertei a mão dela na minha. Me justifiquei um pouco, dizendo que eu era chato, mas que estava cansado dos idiotas desse país. Apertei sua mão mais forte e ela me perdoou com um sorriso. Ela me lembrou que eu tinha mãos grandes e me perguntou se ainda me lembrava de quando ela segurava meu dedo mindinho na volta da escola. Era seu jeito próprio, tão pudico, de me dizer que ia sentir saudades de mim, que sentia saudades de mim. Sorrimos um para o outro e nos calamos. Aguentamos o silêncio e olhamos as pessoas passarem dando olhadas cúmplices e divertidas toda vez que uma periguete siliconada, vestida de Gucci e empoleirada em seus saltos de doze centímetros, passava por ali.

O novo garçom veio receber nosso pedido se desculpando pela atitude do colega, ao que eu respondi que ele não tinha feito nada grave, que me desculpasse, mas que gostaria de lhe fazer uma pergunta, se ele concordasse. Desde quando tinha mais loiras do que morenas no Líbano? Eu queria me exibir e fazê-la rir. O garçom riu e ela sorriu. Pedi um scotch duplo para mim e uma cerveja para ela. Tomamos nossas bebidas em silêncio, continuando a olhar os transeuntes. Um vendedor de colares de jasmim passou por ali e eu lhe dei um colar de presente. Na hora, ela mergulhou o nariz nele, fechando os olhos por uns segundos e, em seguida, colocou-o em volta do pescoço. Quando chamei o garçom para pedir outra bebida, vi que tinha um problema. Quando o garçom lhe perguntou se ela queria tomar mais alguma coisa, ela ficou parada, olhando para ele sem responder. Ela disse não com um balanço de cabeça e inspirou fundo. Ao som da inspiração, entendi imediatamente. Esvaziei meu copo de um gole só e pedi para ela me olhar. Nem perguntei como ela estava, só consegui formular uma única frase: "Vamos para o pronto-socorro!"

Peguei sua mão e abri o caminho nas ruas de pedestres entupidas de gente, do centro da cidade, quase a arrastando atrás de mim. Eu estava indo rápido demais, ela disse. Ela me falou para eu não me assustar, que correr não adiantava nada. Não desacelerei e comecei a xingar tudo o que passava pelo meu caminho. No táxi, ela falou comigo. Duas frases: Recaída. Acalme-se. Tratamento parado. Dois meses sem nada. Dificuldade para respirar. Ela nunca tinha me falado de nada disso antes. Nem tratamento, nem recaída, nem ataques de pânico, nem nada. Ela me disse isso e eu não fiz perguntas. Gritei para o motorista se ele tinha acabado de decidir, essa noite, a começar a respeitar o código de trânsito. Se ele tinha esperado ter um cliente que lhe dissesse "para o pronto-socorro" para se tornar civilizado. Eu só servia para colocá-la em pânico com meu passo apressado, o suor escorrendo pelo meu rosto, meus xingamentos para o motorista e meu silêncio de autista. Ela saiu do pronto-socorro do mesmo Hospital Americano, como treze anos atrás, com uma receita de ansiolíticos. Procuramos uma farmácia de plantão e voltamos para casa.

Ela se sentou no sofá, tão pálida quanto no café, e lágrimas começaram a aparecer nos cantos de seus olhos. Virou a cabeça, por vergonha, para que eu não a visse chorar. Senti que eu não podia mais ficar calado. Eu não podia mais ficar paralisado em meu silêncio, como um menino diante de um fantasma. Saí para a sacada, me servi de uma dose grande para me encher de coragem, para que palavras, não importava quais, aceitassem sair da minha garganta. Voltei para a sala e me sentei em uma das cadeiras. Ela secou discretamente as lágrimas e, sem se virar, me pediu para eu esvaziar meu copo na pia. Ela não tinha falado nada por horas. Entendi bem a gravidade de sua frase, captei a seriedade da situação, o peso de cada palavra que ela acabava de pronunciar depois de tanto tempo se mantendo em silêncio. Cada consoante, cada vogal se dilatou até o infinito e invadiu a sala até esmagar a menor partícula de ar do cômodo. Fogo. Xeque ao rei pela dama. Só havia uma jogada no tabuleiro de xadrez para fazer. A de ir esvaziar esse copo. E a garrafa com ele. Não lembro muito bem que piada sem graça eu falei, depois eu disse que era a última. Ela estava no inferno e só tinha uma jogada para fazer. Eu poderia ter sido útil para alguma coisa, uma coisa só.

Senti o chão sumir debaixo de meus pés. Tive medo de desabar ali, de me desfazer, de implodir. Esvaziei meu copo e me servi de outro. Senti o medo começar a correr nas veias de meus braços e sabia que logo ele atingiria os ombros e as costas. Tinha que pará-lo antes que chegasse no topo da cabeça, senão estaria perdido. O medo é o sentimento que passa por cima de todas as emoções. O medo é o sinal da presença de um perigo. E o perigo se enfrenta, ou se foge dele. Não existe terceira via, meia-medida, alternativa. Fugimos o mais rápido possível ou juntamos tudo o que temos de força e de meios para enfrentá-lo. O medo é fugir ou matar. Escolhi fugir. Foi o que escolhi para sempre, um compromisso para toda a eternidade. Estou tão empenhado, de corpo e alma, em fugir, que não há mais volta possível. Foi o lugar que eu me atribuí assim que o massacre começou. Eu estava preso na armadilha, impossível fugir. Fugir fisicamente. Entre abrir a porta e ir embora ou esvaziar copos, esvaziar copos era menos detestável, menos imperdoável, menos monstruoso. Esvaziar copos era a única forma de ir embora sem que meu corpo abandonasse o dela. Meu corpo não podia abandonar o dela. Eu tinha que ficar presente fisicamente. Meu corpo tinha que ficar nessa sala. Eu tinha que ficar e tinha que falar.

Precisava achar algumas palavras, não importava quais, colocá-las na ordem certa e formar uma frase coerente. Após longos minutos de silêncio, consegui articular uma pergunta: "O que não está bem? Diga-me." Ainda não tinha terminado minha frase, e já tinha percebido a mediocridade, a besteira de minha pergunta. Eu a conhecia o suficiente para não ter o direito de fazer uma pergunta tão estúpida, tão grotesca. O pouco que sabia, que conseguia adivinhar e imaginar a respeito de tudo o que ela é desde que nasceu, merecia que eu encontrasse uma réplica mais justa, menos capenga. O que não está bem? Eu compreendera instantaneamente o ridículo e a pequenez da minha pergunta. Já basta eu, que não está bem. Eu tinha só uma jogada. Eu, desde sempre. Eu, que fujo correndo. Que a abandona.

E também tem os 33°C e os 73% de umidade. Assim que ela sai do avião, seu corpo reconhece as condições atmosféricas exatas de onde nasceu e cresceu. Aqui lembra dela. Aqui possui ela. Aqui reconhece ela. Como uma planta no vaso sobre a terra de seus ancestrais. A terra a chama de volta. As raízes se esgueiram através dos buracos do vaso e se alastram, em uma velocidade vertiginosa, pelo solo que as reconhece. Não é a planta que reconhece a terra, é a terra que a reconhece. Sou eu e os 33°C. Sou eu e os 73% de umidade. É a mistura, em proporções precisas, do cheiro de iodo e de combustível. É a dose certa de decibéis emitidos pelo trânsito e pelos gritos dos camelôs. É o perfume do jasmim à noite, no pôr de sol, que não lhe pergunta sua opinião. É o colar de jasmim. O jasmim a reconhece. O jasmim a possui. São os "rr" que cantam, as consoantes faríngeas e glotais que a penetram. Sou eu e o cheiro da salada de orégano verde, das bolachas de tomilho de manhã. É esse país de merda que a chama de volta, que a quer. É esse país de merda, que não acabou com ela, que quer terminar o trabalho que começou. É esse país de merda, seu mar de merda, suas montanhas de merda, seus vales verdejantes de merda e suas cinzas de merda.

São os malditos 73% de umidade, os malditos 33°C. São as malditas luzes da cidade que vemos dançar desde a montanha no verão, a maldita voz da Fairuz nos táxis, os malditos e sórdidos centros da cidade, os malditos campos de oliveiras e as malditas flores das romãzeiras. É essa cidade que quer gravar nela o número necessário de lembranças ruins, o número necessário para não poder esquecer jamais. Sou eu e este país. Ela está possuída por mim e por ele. Nossos respectivos venenos correm pelas suas veias. Sou eu e os 150 mil corpos e nossa decomposição, no mesmo ritmo. É essa cidade que, quando ela desce do avião, não precisa farejar mais de dois segundos antes de reconhecê-la. É essa cidade que a chama de volta com gritos estridentes, assim como os mamíferos chamam suas crias. Foi essa cidade que não queria que ela subisse de volta no avião. Foi essa cidade que se agarrou ao seu pescoço com suas unhas, que a queria reter aqui. É essa cidade que não quer que ninguém a deixe, que ninguém saia, que ninguém a esqueça. Foram os 33° C e os 73% de umidade.

Ela ergueu os olhos para o céu, acendeu um cigarro e se levantou para pegar o regador na cozinha. Saiu para o terraço para molhar o orégano e o jasmim, depois sentou em uma das duas cadeiras de plástico em volta da pequena mesa. Eu a segui, me plantei atrás dela e coloquei a mão em seu ombro. Não sei se consegui exercer a pressão certa com meus dedos para ela entender que eu me desculpava pela minha pergunta. Me perguntei se eu apoiava forte o suficiente ou muito fraco. Não sabia o que fazer com meus cinco dedos. Pensei que o polegar devia exercer uma pressão na parte de cima da omoplata e os outros quatro deviam achar um lugar no ombro. Ela salvou meus dedos da sua busca desesperada ao pegá-los com a mão e apertá-los rapidamente alguns segundos, e me disse para sentar.

Me servi de outra dose e sentei na outra cadeira, do outro lado da mesa. Ficamos assim, olhando o céu estrelado, pedindo o silêncio. Ficamos ali aceitando estarmos quebrados, sermos estrangeiros, aceitando que tantas coisas tenham acontecido, que tenha passado tempo demais. Aceitávamos que eu nunca soubesse, o silêncio estava enraizado demais. O medo tinha criado raízes. Tinha se infiltrado em todos os lugares, tinha colonizado tudo. Suas raízes tinham tido tanto tempo para se alastrar em nós que tinha se tornado impossível deslocá-las, arrancá-las, para que as outras emoções fossem capazes de construir as palavras certas e colocá-las na ordem certa para nos falarmos. Eu era incapaz de dar outra coisa senão o silêncio e uma mão. Eu só tinha uma jogada. Era tarde demais para eu ser perdoado. Ela tinha ficado em silêncio tempo demais para começar a me contar. Eu era covarde demais para querer mesmo saber e ela era carinhosa demais para me intimidar. Às vezes é tarde demais. Talvez seja tarde demais.

Ela voltou a falar para me dizer uma única frase. O amanhecer estava começando a se desenhar no céu e ela se levantou para se debruçar no parapeito da sacada e ver melhor o canto do céu incandescente. E, sem se virar, me disse, com uma voz rouca: "Tenho uma muda de alecrim no parapeito da janela em Paris. Você deveria comprar uma muda de alecrim."

PARIS, RUA DES AMANDIERS, 2013

OLHO PARA O MONTE DE CAIXAS ainda fechadas, há semanas, no meio da sala. Vou ter que me levantar do sofá e começar a abrir uma ou duas delas. Em meu antigo apartamento, pensei que essa coisa de mudança não era muito complicada, afinal não era minha primeira mudança, era só embalar e desembalar. Pensei nisso porque tinha começado com os livros. Não existe nada mais fácil no mundo do que fazer mudança de livros. Não há nenhuma hesitação possível quanto ao que deve ser separado. Nada para jogar fora. Basta esvaziar as estantes e colocar os livros nas caixas. Eu as tinha fechado com cuidado e tinha até escrito com canetinha preta o nome de seu conteúdo no espaço reservado para isso pela empresa que forneceu as caixas. Com os livros já guardados, fui ao seu quarto e coloquei tudo o que estava lá em caixas de tamanhos diferentes, sem lógica específica, sem nenhuma hesitação, sem pensar na menor estratégia. Sabia que era para guardar todas as suas roupas, suas pelúcias e seus montes de brinquedos. Eu também já tinha escrito seu nome nas caixas para poder colocá-las o quanto antes em seu novo quarto.

Assim que entrei nos outros cômodos, fiquei com vontade de jogar tudo fora. Absolutamente tudo. Apesar de que havia tempo que eu não tinha crises. Eu tinha aberto os armários, os móveis e as gavetas e tinha sentido minha bolinha dobrar de tamanho na minha garganta. Eu tinha me lembrado da minha grande mochila azul-marinho que se encontrava agora no porão e, novamente, fiquei com vontade que minha vida toda pudesse caber lá dentro. Tínhamos passado uma semana, minha bolinha e eu, abrindo gavetas com conteúdos improváveis, fechando-as imediatamente. Quanto maior era a gaveta, mais o conteúdo perdia em coerência. Toneladas de roupas íntimas, remédios, lençóis, cadernos, papéis, cabos de todos os tipos e sei lá mais o que ainda se acumulavam dentro dos mesmos receptáculos sem nenhuma distribuição lógica, nenhum senso prático. Tínhamos acabado capitulando, minha bolinha e eu, frente à emergência da situação, jogando tudo em caixas e grandes sacos de plástico. Bem que fiquei com vontade de escrever "monte de coisas sombrias" em cada saco, mas não tinha mais energia nem para a ironia.

Olho para as caixas ainda fechadas, amontoadas na sala, e não tenho a menor ideia do que tem dentro delas e muito menos de onde guardar isso tudo. Nunca soube onde guardar esta ou aquela coisa. Não sei o que é para jogar fora nem o que é para guardar. Sinto-me como se estivesse fazendo uma prova que se trata de separar, sem jogar tudo fora, e decidir qual prateleira reservar para as calças e qual para os casacos, qual gaveta deve conter as meias e em qual colocar as echarpes. Não faço ideia de onde se guardam as mantas. Não conheço, de forma alguma, o lugar lógico e prático dos móveis em um cômodo. Somente as estantes têm uma função simples, abrigar os livros, e um lugar evidente, contra uma parede, para que não caiam para trás. Às vezes, me dá vontade, quando estou na casa de alguém, de abrir gavetas e armários, para saber se existe uma técnica especial, uma habilidade secreta, para decidir onde e como guardar as coisas.

Meu corpo se lembra de minha mochila azul e da mala no porta-malas do carro, ao lado do saco de soldadinhos de plástico de meu irmão, e cada caixa pressiona, com todo seu peso, os meus pulmões, sem conseguir abaixar o diafragma para que o ar entre. Fecho os olhos e aperto as pálpebras fortemente para chamar as lembranças da pessoa de hoje, a que não tem crise há meses, a que sabe respirar. Deve ser a mesma que conhece o manual de instruções das caixas, a que saberia onde é conveniente guardar os cabos e estocar as conservas. Tento inspirar e expirar e seco as gotas de suor frio que nascem ao longo das minhas têmporas. Sarei, a mudança deve ter me cansado, amanhã me lembrarei de como guardar tudo isso sem nem pensar.

O conteúdo sombrio das minhas caixas é o mesmo do meu cérebro. Todo tipo de lembrança sem nenhuma utilidade, sem pé nem cabeça. A mochila azul-marinho não é da atualidade, o saco de soldadinhos de plástico menos ainda. Há trinta e cinco anos eu treino para separar as caixas da minha memória. O tempo todo fico em cima do muro entre o que é necessário esquecer e o que é necessário lembrar.

Entre o que é preciso jogar fora e o que é preciso guardar. Faço minha seleção com cuidado, tenho critérios próprios. Esse mingau espesso de lembranças irá embora por si só amanhã de manhã, estou acostumada a separar.

Penso na minha avó materna e a revejo em sua sala, separando os grãos de arroz. Ela colocava uma pilha grande na extremidade de uma bandeja, e depois no centro, para enxergar melhor e tirar os grãos estragados e as impurezas. Penso em suas mãos hábeis e penso que eu separo minhas lembranças como ela separava seu arroz. Como ela, às vezes deixo escapar de minha vigilância uma ou duas impurezas e, como ela, no que eu jogo fora, não vejo ir para o lixo dois ou três grãos limpos. Pode ser que eu tenha, sem querer, jogado fora o grão de arroz do manual de instruções das caixas, deve ter escapado de minha vigilância porque eram muitos grãos para separar. Sempre pensei, vendo minha avó, que era melhor ter certeza de se livrar das impurezas do jeito certo, mesmo gastando alguns grãos de arroz limpos. Quando tinha decidido me lembrar de algumas coisas, também tomei a decisão de ficar de olho em mim, de ser vigilante quanto às impurezas, de sempre jogar fora o que era para jogar fora.

É um exercício arriscado, não se pode lembrar das lembranças inúteis, nem esquecer qualquer coisa de qualquer jeito. Sei que a memória é uma coisa delicada. A memória é talvez a coisa mais importante, é o que define, em grande parte, toda a humanidade. Passei minha vida em negociações com minha memória. E já que passava meu tempo negociando com ela, fiquei com vontade de debater com a dos outros. Então fui vasculhar na memória coletiva. Passei anos vasculhando os textos, separando os grãos de centenas de quilos de arroz. Mergulhei na memória coletiva para pegar um por um os grãos de arroz perfeitamente limpos, jogados fora por descuido da memória de hoje. Os grãos sem os quais o quebra-cabeça da história está incompleto. Sempre jogamos fora das nossas memórias grãos de arroz totalmente indispensáveis.

Minha memória é como a memória coletiva, ela faz a triagem das informações que devem ser guardadas e das informações que devem cair no esquecimento. E, como para a memória coletiva, a triagem obedece a leis políticas, a um *parti pris*. Quero que a política do meu cérebro seja aquela que eu exijo, ela deveria esquecer somente o que eu mandei que ela esquecesse. Olho para minhas caixas e amaldiçoo minha negligência, meu trabalho malfeito. No entanto, trabalho de corpo e alma para não esquecer mais nada de qualquer maneira. Não era para ter esquecido o manual de instruções para organizar as caixas, e não estou a fim de começar as escavações arqueológicas de minha memória para encontrá-lo. Quando cavamos, sempre encontramos outras mil coisas além daquilo que achávamos que iríamos encontrar. Olho para o monte de caixas e tomo consciência das toneladas de arroz, de uma vida inteira na França para organizar e guardar. Lá estão todas as cartas que ele escreveu para mim, todas as fotos, minha mochila azul, que se amontoam nas mesmas caixas que meus materiais de pesquisa, roupas novas e documentos administrativos. O peso de uma vida em grãos de arroz, heterogêneos e cheios de impurezas.

Olho o monte gigantesco de caixas e me lembro que nunca sonhei em ter uma casa, em ter minhas próprias paredes. As pessoas que sonham com casas devem ser as que têm talento para caixas, gavetas e esse tipo de coisa. Tenho sempre a impressão de estar de passagem onde quer que esteja. Moro no mesmo bairro há alguns anos, mas não sou freguesa de nenhuma padaria, nenhum açougue, supermercado ou tabacaria. Não sou conhecida de muita gente no bairro. Quando vou ao café, nunca vou no mesmo café dois dias seguidos. Não sou dessas pessoas que gostam de ter pequenos hábitos. Não deixo minhas pegadas em lugar nenhum, não me prendo a nada. Talvez eu seja nômade. Talvez seja por isso que eu gostaria de jogar fora esse monte de caixas e pegar lá dentro só minha grande mochila azul. Nada sei sobre armários e gavetas repletos. Sou imbatível para fechar malas em um tempo recorde sem esquecer nada de essencial. Sou perita na arte de fazê-las e desfazê-las. Sei exatamente o que colocar em uma mochila para viajar a pé.

Pode ser que, por natureza, as crianças sejam profundamente nômades. Pode ser que sejam os adultos que lhes ensinam a vida sedentária. Passar a vida toda na mesma cidade. Comprar uma casa e decorá-la com móveis bonitos, ir para o mesmo trabalho, ir para a mesma escola todos os dias e saber onde deve ficar cada objeto nas estantes. Tudo isso são coisas de adultos. Talvez eu não seja adulta, por isso esqueci o modo de usar das caixas. As crianças sempre gostam de ir embora. Não importa o porquê, não importa onde. Quando pequena, eu gostava de subir no carro sem saber muito bem aonde estávamos indo. Sempre gostava de ir embora, contanto que estivéssemos os quatro juntos. Partir é um vir a ser, partir é uma promessa. O carro tinha se tornado um tipo de casa ambulante e uma quadra de jogos. Havia um ar de partida para férias permanentes no banco traseiro. Talvez as crianças sejam menos apegadas aos lugares que os adultos, ainda são virgens de qualquer nostalgia. Partir ajuda a erradicar as lembranças ruins. Cada lugar possui seus próprios pesadelos, que ficam aprisionados dentro das paredes quando vamos embora. Partir é a única maneira de se livrar deles de uma vez por todas, então eu sempre gostava de partir. Quando estava nas estradas, abandonei tantos lugares que não tinha mais pesadelos. Nenhum deles tinha tempo para criar raízes, eles ficavam onde eu os abandonava todas as manhãs. Pode ser que Sandrine tenha morrido por ter tido pesadelos demais e sempre os mesmos, já que ela nunca se mudou. Olho a montanha de caixas e escuto Sandrine rir e soluçar.

Não estou me saindo tão mal assim, amanhã me lembrarei de como guardar as coisas sem nem pensar. Já esvaziei as caixas de livros e cada livro já tem seu lugar nas estantes. Guardei os livros de botânica por gênero ou por autor na pequena biblioteca: plantas medicinais, árvores e florestas, plantas selvagens, plantas tóxicas, cogumelos e os de Jean-Marie Pelt[11]. Os livros de arqueologia e de história estão juntos, os de ficção também, e a poesia tem seu lugar onde me pareceu mais apropriado. Coloquei minhas plantas na sacada no primeiro dia, logo que cheguei: na sacada de três metros quadrados cada uma está exatamente onde deve estar. O manjericão está protegido do vento e do sol. Os dois jasmins estão perto da grade da sacada para que possam subir nela. O tomilho, o alecrim, o eucalipto, o orégano e a manjerona na extremidade da sacada, onde o sol bate no fim da tarde. Na parede, onde fixamos quatro vasos, estão o talo de hera que

[11] Biólogo, botânico e farmacêutico francês, Jean-Marie Pelt foi professor universitário, especializado em plantas medicinais e farmacopeia tradicional. Escreveu diversos artigos e livros sobre plantas farmacêuticas, biologia vegetal e ecologia urbana.

colhi no bosque de Vincennes[12] e que não parou mais de crescer, a verbena, a hortelã, os pés de morango, a lavanda e as flores de campânula. Os livros e as plantas encontraram seu lugar em um tempo recorde. Os livros e as plantas são o que eu nunca corro risco de jogar fora de minha memória involuntariamente.

Não estou me saindo tão mal, só preciso despejar o conteúdo das caixas onde me parece melhor, o mais importante é que as plantas já tenham encontrado seu devido lugar no pequeno terraço. Essa é a prova de minha ancoragem. Não estou indo tão mal quando se trata de ser sedentária. Plantar é a razão de ser do sedentarismo. Plantar é instalar-se. Minha sacada se parece cada vez mais com a de velhinhos. Os que estão mais bem instalados. Os que têm lembranças transbordando de todos os lugares em suas sacadas. Aqueles cuja memória é, ao mesmo tempo, tão rica e tão pobre que verdadeiras selvas em vasos florescem em suas sacadas. Os que esquecem sem querer porque têm coisas demais para lembrar. Eles sabem que, provavelmente, não vão mais se mudar, que estas são suas últimas lembranças. Florescem em sua última sacada, em seu último apartamento. Mantêm em vida cada vez mais plantas conforme a vida e a memória lhes permitem. Minha sacada se parece cada vez mais com a dos velhinhos que não se mudarão nunca mais. Estou bem instalada. Estou acostumada, vou dar um jeito de guardar tudo e de respirar. Talvez não seja mais uma nômade. Tenho uma sacada de velhinha, um porta-temperos e montanhas de brinquedos. Tenho dezenas de caixas para esvaziar na minha sala. Não preciso mais que tudo isso caiba em uma mochila, nem mudar de cidade a cada dois ou três dias. Há meses não tenho crise, não vou para o pronto-socorro, não jogo nada fora.

Gostaria de jogar tudo fora e de conseguir respirar. Não sonho com uma casa. Nunca sonhei com isso. Não quero saber de uma casa bonita com um jardim, talvez um jardim sem casa. Uma cabana no máximo. O apoio de uma parede para ali subirem uma glicina e uma

[12] O Bosque de Vincennes é o maior espaço verde de Paris, com 995 hectares de superfície. Está situado a leste da cidade e abrange numerosas instalações em seu vasto território, como a Escola de Horticultura de Breuil e seu arboreto, o jardim de agronomia tropical e o parque zoológico de Paris, um dos maiores do mundo.

videira virgem, que ficaria escarlate no outono. Uma ou duas árvores. Árvores que cresceriam tão bem que em sua seiva correriam as lembranças do mundo inteiro. Teria uma ameixeira que, no verão, daria milhares de ameixas verdes, porque as ameixas verdes são as melhores frutas do mundo. Talvez também haveria uma cerejeira do Japão, como a do Jardin des Plantes, embaixo da qual instalaríamos um banco. Um muro no qual minhas heras e meus jasmins subiriam tão bem que cobririam tudo, de forma que não se pudesse adivinhar o muro por baixo. Os alecrins cresceriam tanto que se tornariam verdadeiros pequenos arbustos. O tomilho e a manjerona floresceriam na primavera e liberariam novas sementes no verão, de tal forma que toda a parcela de terra seria colonizada e sentiríamos os perfumes das plantas aromáticas sem nem precisar esfregar a palma da mão em seus topos. Haveria um buxo e uma oliveira que apostariam uma corrida para saber qual dos dois conseguiria crescer mais devagar, qual dos dois conseguiria demorar mais. Um pedaço de terra para que nele as raízes do eucalipto, da verbena e da lavanda se alastrassem segundo sua vontade. Uma terra para plantar lembranças que dificilmente os vasos aguentam. A terra seria tão fértil que minha memória seria de uma eficiência impressionante. Ela saberia tão bem o que esquecer e o que fazer crescer que todos os meus tiques sumiriam.

Ela não é nômade. Na verdade, crianças não são nômades. Crianças são os frutos de milhares de anos de sedentarismo. Elas gostam de sua cama, e que essa seja sempre a mesma. Gostam quando os lençóis estão limpos e bonitos e que tenha pelúcias aos montes. Gostam de enfeitar as paredes de seus quartos com seus desenhos. Gostam da rotina do café da manhã de final de semana e do passeio dominical. Gostam do ritual dos desenhos animados de manhã quando não tem aula e de ver sempre os mesmos filmes, centenas de vezes. Gostam de ler e reler os mesmos livros e de saber onde eles estão em suas estantes. Gostam de ter uma estante. Gostam de conhecer os planos do final de semana, das férias ou do dia seguinte. As crianças gostam de ir embora quando sabem que vão voltar. Elas gostam de ir embora porque sempre sabem que voltam. As crianças são velhinhos, com seus costumes e suas angústias.

As crianças não gostam de se separar de nada nem de ninguém. Gostam de subir no carro e de viajar para voltar para casa, sua casa, e de encontrar tudo o que deixaram, ao que renunciaram só por um tempo. Gostam de ir para gostar de voltar, para gostar de voltar para casa. Ficam felizes de encontrar a mesma cidade, o mesmo bairro, os mesmos amigos, as mesmas paredes da mesma casa, os mesmos móveis e os mesmos objetos. As crianças sonham com casas e passam o tempo desenhando várias delas. Gostam de plantar sementes e vê-las nascer. Depois que as plantas crescem, as crianças perdem o interesse porque não há muito o que lembrar. Crianças não gostam de mudanças radicais. Elas têm sua rotina de velhinhos e ficam nessa. Gostam de partir sabendo exatamente por quanto tempo e para onde. As crianças gostam de porta-temperos e montanhas de caixas. As crianças não jogam nada fora. As crianças não gostam de ser acordadas à noite. As crianças não são aventureiras.

Ela não é nômade. Ela não é nômade e as lembranças jorram desordenadas sem que meus esforços e meu piscar de olhos consiga organizá-las. Ela é minha memória, ela é a memória do mundo inteiro. Agora eu me lembro que cada roupa e cada brinquedo encontra perfeitamente seu lugar há quatro anos em seu quarto. Já não é tão ruim. Não apaguei nada das lembranças dela, guardei tudo. Estou melhor, talvez até esteja curada, vai saber. Em quatro anos, acumulamos, conservamos, estocamos os objetos que testemunham, por sua simples presença, o tempo passado no apartamento. Eles foram testemunhas do tempo, as marcas arqueológicas de nossa presença, de nossa ocupação do solo. A mochila azul está no porão há anos. Deixou as marcas de sua história criarem raízes no apartamento. Coloquei um porta-temperos na cozinha. Não existe prova arqueológica mais clara que um porta-temperos. O porta-temperos é a testemunha mais gritante da minha ocupação dos lugares, do meu sedentarismo, da minha cura.

Respiro rápido e mal, então vou para o terraço para tomar um ar fresco. Pego uma folha de jasmim entre o polegar e o indicador e esfrego-a devagar para não estragá-la. Tocar as plantas às vezes me ajuda a respirar. Olho para as promessas dos primeiros botões e uma fragrância estranha, uma mistura exata de cheiro de iodo, de combustível e de cigarros se espalha no ar. Ele não tem mais jasmim. Há anos nada cresce em suas sacadas. Talvez continuemos a comprar novas plantas a cada mudança, as dez primeiras vezes, os vinte primeiros anos. Anos demais se passaram. Talvez, depois de um certo tempo, as plantas em vasos não criem mais ilusão. Elas não bastam mais para ressuscitar as lembranças das hortas. Não temos mais a força de fingir que estamos nos instalando. A guerra acabou há muito tempo e ele continua a deixar suas coisas caberem em uma mala.

Ele não me fala mais de manjerona, de sálvia e de amendoeiras em flor. Não procura mais se lembrar porque o espaço ocupado pelas más lembranças se torna muito maior em relação ao ocupado por hortas e jasmins. A memória faz bem seu trabalho e, nessas condições, privilegia o esquecimento. Ele não sonha mais com uma casa. Nem mesmo com um muro ou dois para deixar subir uma videira. Ele não sonha mais com um pedaço de terra, tomilho, videiras e roseiras. Talvez o sentimento de não estar em lugar nenhum fique para sempre. Talvez, de tão nômades, nos tornamos desenraizados. A guerra acabou há muito tempo e sua casa continua não sendo sua casa. Talvez a calma após a tempestade seja o pior, não mudamos mais com a frequência suficiente para poder largar os pesadelos bloqueados nas paredes que abandonamos. É o tempo em que se contam os corpos e tem corpos demais para contar. O tempo de perceber que o tempo vai nos faltar para separar as toneladas de grãos de arroz e plantar de novo. A terra foi tão maculada que nenhuma pátria jamais poderá crescer de novo ali.

Não digo mais para ele ir embora. Ele fica porque ir embora é fácil demais, não contar os corpos também. Ou, então, é difícil demais. Mesmo quando queremos esquecer tudo, ainda sobram os corpos para contar. A amnésia tem suas falhas e, entre um copo e outro, os corpos pedem para serem contados. Os retratos dos mesmos assassinos expostos na cidade mandam, a cada noite, as hordas do infame baterem à porta da sua memória, que nunca está suficientemente anestesiada para não abrir para elas. Partir é fácil demais. Ou difícil demais. Estamos em tempos de paz. Ele fica porque ainda tem dois ou três amigos que vasculham, camada por camada, as cinzas desta cidade na esperança de encontrar uma horta. Porque essas cinzas são familiares, é o que conhecemos, elas nos são muito mais familiares que os montes de caixas que se amontoam. Os pulmões se acostumaram a esse quase nada de oxigênio. Ele ainda tem dois ou três amigos de antes que não mataram ninguém. Ainda tem dois ou três amigos que não se venderam para ninguém, ou muito pouco. Tem o café à beira-mar. Tem a aldeia que não é mais território ocupado, pelo menos não pelos mesmos homens. Tem as amendoeiras que florescem ali no início de cada primavera. Logo será a época das favas e das ervilhas, e as cascatas inundarão os vales de beleza.

Eu talvez não esteja totalmente perdida. Talvez esteja um pouco curada, quem sabe. Amanhã, me lembrarei de como respirar. Ainda compro plantas, tenho uma sacada de velhinha e um porta-temperos. A mochila voltará para o porão. Vejo crescer sem me preocupar com o tamanho pequeno do vaso. Sem me dizer que não é uma ilusão. Sem me dizer que, talvez, nunca haverá terra. Continuo as negociações com minha memória. Devemos acabar conseguindo um tipo de acordo, um trato que faria com que as lembranças inúteis se calassem e que meus pulmões aceitassem o oxigênio da casa que é minha casa. E quando minha memória desobedecer de novo e de novo, quando as imagens voltarem aos montes, farei praticamente tudo o que quiser com elas. Pensarei que ele está bem, e que ele não liga para paredes vazias e sacadas despovoadas. Repetirei para mim mesma que ele está bem, que ele também não liga para apartamentos desertos e sacadas despovoadas. Ele está bem e eu posso fazer crescer todas as lembranças que quiser. Me concentrarei para modificar minhas lembranças conforme minha vontade. Ele está bem e eu estou bem. Sob os escombros, há um terreno tão fértil que as roseiras se tornaram árvores e a manjerona se arrastou por toda parte até colonizar o país inteiro. Algo de nós sobreviveu, foi bom termos plantado essas sementes em nossas sacadas que não eram nossas sacadas. As plantas devem ter ficado aliviadas quando os vasos explodiram. Os polens dos jasmins foram espalhados pelos quatro cantos do país, algo de nós, algo que se assemelha a nós, tornou-se sedentário, criou raízes, encontrou uma terra. Algo de nós encontrou parcelas de terra limpa para afundar.

AEROPORTO ROISSY-CHARLES DE GAULLE, 2014

ASSISTO ÀS MALAS desfilando na grande esteira rolante e não tenho pressa de ver a minha chegar. Sei que ela está me esperando atrás da porta das chegadas há pelo menos uma hora. Minhas mãos estão úmidas e sinto as gotas de suor nascendo na minha testa. As costas da minha camisa estão encharcadas, devia ter colocado uma muda de camisa na minha bagagem de mão. Faz um ano e meio que não nos vemos e, mesmo estando ansioso para abraçá-la, gostaria de dar meia-volta e pegar um avião de regresso para Beirute. Quase não dormi essa noite. Reescrevi o roteiro de tudo o que queria dizer, de tudo o que devia lhe dizer. Fiz a lista de tudo o que queria fazer com ela durante minha estadia, ir ao Jardim de Luxemburgo para ver como está o outono. Gostaria que, pela primeira vez, ela concordasse em me acompanhar. Gostaria de ser quem consegue fazê-la sair do apartamento no qual ela está trancada há meses. Enchia regularmente meu copo e fumava milhares de cigarros pensando em encontrar as palavras certas, em como colocá-las na ordem certa, para formar as frases que não consigo pronunciar há trinta e seis anos. Não sei o que esperam de mim. Só servirei para lhe dizer que ela parece estar muito bem, que está linda, que me contaram umas bobagens, que nunca a vi tão bem.

Passei a noite com um nó no estômago, pensando em tudo o que nunca conseguirei dizer nem escutar. Faz dezenas de anos que não sei. Pensei em todos os beijos perdidos de bom-dia de manhã, em seu sorriso ao acordar, nos abraços de boa-noite perdidos. Pensei de novo em todos os ataques de pânico que nunca consegui acalmar, no número de vezes que fugi dos seus olhares, em todas as respostas idiotas que sempre improvisei. Eu repetia para mim que esses quinze dias viriam se juntar aos trinta e seis anos de mutismo de antes e a angústia subia em mim a partir dos dedos dos pés, passava pelas pernas, barriga, cortava minha respiração e fazia subir uma bola até minha garganta, uma bola que impedia o ar de circular bem entre a traqueia e os pulmões. Sabia que saía perdedor, que não encontraria forças, dessa vez também não, para olhar nos olhos dela sem tremer.

Vejo as malas desfilando e sei que minha memória me espera do outro lado. Tudo o que me esforcei para esquecer, tudo o que tinha conseguido organizar de lembranças sobe em mim, crescendo desde ontem, e, assim que vir suas mãos de novo, a barragem em meu cérebro vai ceder instantaneamente para deixar surgirem os riachos de toda a memória do mundo em minha cabeça. Penso em suas mãos que conheço tão bem, eu as reconheceria entre milhares, sei que, assim que sentir sua palma contra a minha, trinta e seis anos de lembranças virão se aglutinar nos meus pulmões e vou levar um tempo maluco, daqui a quinze dias, para reorganizar tudo de novo. Seus olhos matam o esquecimento tão rápido que nem preciso vê-los para me lembrar. Às vezes baixo a guarda tarde da noite e penso em seus olhos. Cometo o erro de me lembrar do seu rosto quando faz tempo que não nos vemos e a simples lembrança de seu olhar aniquila imediatamente meses de organização e de liquidação metódica das imagens que me impedem de dormir. Seus olhos são o que eu mais quero ver e, ao mesmo tempo, o que mais quero esquecer.

O dia em que seus grandes olhos negros olharam os meus pela primeira vez, menos de uma hora depois de seu nascimento, senti a mesma coisa: um amor e uma felicidade infinitos, e um terror imediato frente à amplitude da tarefa que agora era minha. Ela me olhou fixamente, longamente, e seus olhos já me diziam que me reconheciam. Eu tinha, então, olhado para ela também e meu rosto inteiro sorriu para ela, a fazendo ver que tinha entendido. Queria que ela soubesse. A partir desse instante, eu lhe pertencia. Eu ia ser seu com meu amor infinito e incondicional e com todo o resto. Todo o resto. Ia ser seu com minhas mãos que tremem, as costas da minha camisa encharcadas e meus tiques nervosos. Seria seu com meu país, com minha cidade, com meu vilarejo, com minha língua, com meu nome, com minha confissão, com meu sotaque do Sul, com meu DNA, com minhas milícias, com meus retratos expostos na cidade, meus franco-atiradores, minhas Kalashnikovs[13], minhas bombas de fragmentação, meus corpos, meus carros-bomba e minhas escadas. Seria seu com meus olhos e meus abismos. Ficava ali, olhando para ela, coisinha minúscula de olhos imensos, sorrindo para ela, sem poder lhe prometer nada. Queria ter sido daquelas pessoas que sabem fingir. Daqueles que sabem tão bem dizer as coisas e tanto faz se são verdadeiras. Queria mentir e lhe dizer com meu olhar que estava tudo bem, que tudo estaria sempre bem, que lá fora não estava um caos, que não era verdade, que era só uma miragem, um rumor, que era de mentirinha, que era coisa de algumas semanas, só um pesadelo, e que íamos acordar. Queria ter lhe dito que eu tinha previsto tudo, assim que ela saísse da maternidade íamos voltar para uma casa muito segura, um verdadeiro castelo forte, guardado por exércitos de cavaleiros. Queria dizer que eu era o mestre de armas, o grande chefe de milhares de cavaleiros, e se tinha alguém que não corria risco nenhum neste país, éramos nós.

Queria lhe garantir que seria um gigante, uma montanha. Um cavaleiro, um modelo de virtude. Queria lhe prometer que nunca iria ter medo, nunca duvidaria, nunca enfraqueceria, nunca desabaria, nunca procuraria esquecer, esquecer tudo. Queria ter lhe anunciado que todas as milícias acabavam de depor as armas. Que acabava de acontecer, agora, neste instante. O milagre tinha acontecido minutos antes do seu nascimento. Essa noite, tudo tinha voltado ao normal como que por mágica. Quando deu meia-noite, todas as armas do país sumiram das mãos dos milicianos. Instantaneamente. Despojados de seus instrumentos de trabalho, cada um foi para sua casa regar suas plantas, abraçar seus filhos, sua esposa ou seus pais e fazer uma boa sopa de lentilhas. Parecia que ela sentia tudo, que já sabia de tudo. Ela sentia o cheiro de minha camisa encharcada. Ela lia em mim todos os corpos caídos, e eram milhares. Ela sentia meu sangue correr em suas veias. Ela olhou para mim por muito tempo. Ela já sabia, mas não era o que importava naquele instante, eram nossos grandes olhos

[13] As Kalashnikovs, também conhecidas por AK-47 ou AK, são fuzis de assalto de calibre 7,62x39mm, criados em 1947 por Mikhail Kalashnikov e fabricados na antiga União Soviética. (N. do T.)

negros, tão parecidos que se observavam e se reconheciam. Não lhe prometi nada porque ela já sabia tudo. A partir desse instante, ela era minha memória, ela era todas as memórias.

Em seus olhos, sem parar quem fui, quem devia ter sido, quem devia ter permanecido e o que devia ter me tornado. Trinta e seis anos depois, ela continua me olhando com os mesmos olhos. Seus olhos são a apoteose da ternura. Seus olhos são a ternura destruída por quinze anos de guerra civil e pelo resto, mas ela não cedeu nada. A ternura que sobrevive a tudo, às deflagrações, aos cheiros de pólvora, aos gritos, aos fantasmas, aos terrores noturnos, aos pijamas encharcados, aos silêncios, aos muros nus, aos mísseis e a mim. Seus olhos são a ternura que me perdoa tudo. Ela me conhece, me vê, me sente. Ela me olha e vê tudo. Seus olhos mergulham em mim da mesma forma que fizeram no primeiro dia, seus olhos gritam que se lembram de tudo. A cada vez, sou desarmado, desmascarado, despido, pego em flagrante delito de fuga. Quando nos falamos no telefone, sua voz me desestabiliza menos que seus olhos negros.

Às vezes, quando bato às portas do inferno, ligo para ela. São as únicas vezes em que falo realmente com ela. Ligo para ela, esvazio toda a dor da minha alma na cara, sem nenhum pudor, sem nenhum escrúpulo, sem filtro nenhum. Provoco-a, invoco-a, suplico-lhe para me colocar no meu lugar como um menininho. Ligo e ligo sem parar até sua raiva aumentar, até que sua voz doce desapareça e ela mude de tom. Na primeira frase, ela conhece precisamente meu estado, sabe o número exato de copos que tomei e há quantos dias me dedico, minuciosamente, à minha degradação. Ela responde calma e gentilmente, abre os braços para meus piores demônios, escuta pacientemente as piores das minhas confissões, até a enésima ligação no mesmo dia, quando consigo, laboriosamente, colocá-la fora de si. Só então paro de ligar, quando ela, aos berros, deu os limites, os meus limites, já que tinha conseguido deixá-la com raiva. Eu levo jeito. Tenho minha estratégia.

Preciso dessa raiva, da raiva dela e de mais ninguém. Busco sua raiva, invoco-a, suplico-lhe para que ela se abata sobre mim como uma tempestade de verão para me lavar, me lavar de tudo. Quero essa raiva só para mim, quero que ela me abrace forte, quero que ela me inunde, quero mergulhar meu corpo inteiro nela, como São João Batista mergulhou o Messias no Jordão. Então, talvez saia daí limpo e lavado dos meus excessos, dos meus erros, das minhas traições e dos meus pecados. Talvez, então, nasça de novo para a vida e consiga começar tudo de novo, me arrepender de tudo e ser perdoado. Só ela pode me lavar de tudo. Só ela pode descolar as camadas de sujeira que estão grudadas na minha pele. Ela me grita que eu ainda existo, apesar de tudo, que ela ama o que resta de mim o bastante para gritar. Sua raiva me inunda de um amor tão grande que me obriga a me lembrar, me lembrar dos seus olhos, e do que eu valho, quem eu era e o que resta de mim. Sua raiva grita em meu rosto seus grandes olhos negros do primeiro dia. Ela me grita suas mãos, ela me grita minha memória e todas as memórias. Sua cólera ressuscita todas as mudas de jasmim, manjerona e manjericão. Todas as hortas, todas as cerejeiras em flor e todos os banhos da primavera. Eu a provoco e empurro sua raiva até o silêncio, até onde morre o sentido das palavras, onde não sobra mais nada além de um som oco, até onde o absurdo triunfa e o diálogo sucumbe. Eu a provoco até triunfar sobre a razão. Eu sempre triunfo. Então ela se cala.

Transbordo tanto que ela volta a ser calma e gentil. Responde com frases curtas e tranquilizadoras. Ela me diz o que quero escutar, rápido, para acabar com a conversa e conseguir desligar antes que minha melancolia e meus discursos a violentem a ponto de impedi-la de respirar, a ponto de pesar tanto em seu tórax que o ar acabe lhe faltando. E prefiro tão mais sua raiva, sua raiva doce, sua raiva terna, suas frases longas que não acabam, que se ligam uma na outra sem me dar tempo de responder, que batem tão forte que apagam a distância que nos separa. Sua raiva que não acaba me dá o prazer de escutar um pouco mais sua voz, de atrasar o momento fatídico em que será necessário, mais cedo ou mais tarde, desligar. Eu me aqueço com suas palavras tão duras, me deleito com suas frases que jorram em um ritmo cada vez mais rápido, rolo nas suas palavras como na primavera as pessoas rolam na relva fresca. É sua forma de dizer que não acabou. Mesmo que não seja verdade, mesmo sabendo que o combate está perdido há muito tempo. Ela me disse que eu continuo respirando. É a forma que ela tem de não abandonar, de não me abandonar. Sabemos que tudo morre quando a raiva morre. Quando a revolta morre. Sabemos que não há mais o que fazer quando não reagimos mais, quando não há mais raiva, quando a revolta depõe as armas aos pés da resignação.

Vejo as malas desfilarem na esteira rolante e penso nela, tão perto de mim agora, logo ali, do outro lado da parede que nos separa, me esperando. Ela me espera. Ela espera o momento em que vai poder me abraçar. Os braços dela. Minha celebração. Minha chance. Estou começando a achar agora que a minha mala se extraviou mesmo. Não me importo. Só quero poder sair desse maldito aeroporto e fumar um cigarro. Meus remédios estão na minha bagagem de mão. Na minha mala, só tem roupas e dois livros. Nenhuma importância. Faz tempo que eu me desapeguei de qualquer objeto. Aliás, não possuo mais nada. Nem apartamento, nem carro, nem móveis, nem livros. E se meu quarto chegasse a queimar amanhã, eu só levaria algumas fotos e meu chapéu marrom. Não preciso de nada. Melhor ainda, a posse de qualquer coisa me pesa. Já me aconteceu de me livrar, por vontade própria, da minha mala nas viagens que eu fiz. Eu me lembro de uma mala deixada em um quarto de hotel. A pessoa que tinha me ligado, animada por ter conseguido falar comigo a tempo, pareceu surpresa quando lhe disse que não a queria mais, que eles podiam jogá-la fora, não, também não queria mais as coisas que ficaram no quarto.

Nunca me apeguei a muita coisa. No tempo em que tinha algo semelhante a uma casa, se um dos meus amigos elogiava um móvel, um bibelô, um quadro, ia embora com ele, mesmo quando esses objetos não eram meus. Com frequência, me pego descartando sem razão. Um livro que acabei de ler, roupas, um presente que ganhei e que não me serve para nada. Eu me livro de tudo. Odeio ver os objetos se acumularem à minha volta. Só preciso de dois ou três livros, algumas roupas, folhas em branco e uma caneta. Me ofereceram um computador que eu não uso, mas não o descartei. Teria que pensar em doá-lo a alguém. Escrevo à mão e não tenho mais nem idade nem paciência para aprender a usar a internet, nem endereço de e-mail eu tenho. Quanto mais os objetos se acumulam à minha volta, mais me sinto oprimido. Regularmente, pego um saco de lixo grande e começo a descartar tudo. Jogo fora tudo que passa pela minha mão e que julgo não ter utilidade alguma. Um dia em que eu estava mal-humorado, joguei fora o álbum de fotos. Os álbuns de fotos não falam nada dos rostos e dos corpos que neles moram. Eles só falam o que não se encontra lá. Quando acordei no dia seguinte de manhã, corri até a lixeira para pegá-lo de volta e guardá-lo de novo no seu lugar, na estante perto da janela.

Nunca pensei muito nos motivos que me fazem me livrar de tudo assim. Me agrada pensar que é uma filosofia de vida, não possuir nada, ser livre. A propriedade é tudo o que sempre abominei e critiquei. Acho que sou um nômade. Gosto de que toda minha vida possa caber em uma bagagem pequena, gosto de poder ir embora de repente, para onde quiser, quando quiser. Sou um elétron livre, não compartilho nenhum dos valores deste mundo. Aliás, mesmo que tivesse sido forjado em outra liga, para se apegar às coisas, seria preciso, talvez, que elas sobrevivessem, durassem, adquirissem valor, merecessem nosso apego. Como uma antiga casa de família que sobreviveu a várias gerações, onde os objetos antigos ganharam um valor estético ou sentimental. É assim que as pessoas começam a se apegar às coisas, eu acho. Elas se apegam ao antigo livro preferido do bisavô, à máquina de costurar da tia-avó, ao anel de noivado com o qual o avô pediu a avó em casamento em uma noite de julho embaixo da figueira do jardim da velha casa, a uma coleção de moedores de café. Posso entender essas coisas, acho eu. Quanto a nós, tudo o que nos resta é o álbum de fotos, fiz bem em pegá-lo de volta.

Tenho pressa em encontrá-la, em avistá-la, lá longe, no hall das chegadas, e de apressar o passo em sua direção, com um sorriso no rosto. Não perguntarei como ela está, só direi que ela está linda e responderei que estou muito bem. Ela está me esperando do lado de fora e sei que saberá, já na primeira olhada, que eu bebi. Só tomei alguns copos, mas ela vai perceber no primeiro segundo. Ela não dirá nada e eu fingirei que não tomei quase nada, que viajar me deixa ansioso e que precisava de dois copos para relaxar, não tem nada demais. Tentarei mudar de assunto rapidamente, inventando uma anedota divertida a respeito de um dos passageiros do avião. Ela sorrirá à minha piada antes de ver as duas garrafas saindo do saco do *duty-free*. É sempre a primeira coisa que ela olha. Não dirá nada e responderei que ela está certa, que eu não quero, que vou lhe entregar as garrafas, ela verá se, de tempos em tempos, não quer me servir um copinho. Eu lhe direi para não se preocupar, que não quero que ela se irrite. E ela fingirá acreditar em mim. Ela me dirá que estou bonito e que seu irmão nos encontrará à noite. Eu sorrirei com meu rosto inteiro só pela ideia de revê-lo. Ela dirá que está com pressa para me mostrar sua sacada. Ela me descreverá o alecrim e o jasmim que crescem a olhos vistos e me dirá que pensou em mim quando plantou as sementes de manjericão este ano. Depois me falará da verbena que não para de crescer e do chá que fará para mim à noite e que será um poema. Ela fingirá acreditar em mim, essa é a sua elegância. Ela não dirá nada para não me ofender, para que nossos corpos possam se encontrar, para que seu braço possa tranquilamente envolver minha cintura e para que minha mão possa encostar delicadamente em seu ombro quando caminharmos na direção do carro.

PARIS, RUA DES AMANDIERS, 2015

SEMANA PASSADA, joguei a muda de manjericão no lixo. Achei que estava murcha e não tentei salvá-la. Normalmente, sempre faço o impossível para tentar ressuscitar minhas plantas. Foi a primeira vez que joguei uma planta no lixo sem o menor arrependimento. Joguei-a fora como se joga o caroço de uma maçã ou uma embalagem. Não tive a menor hesitação. Joguei-a do jeito que estava e nem me dei o trabalho de pegar de volta o vaso de terra e o pratinho de baixo. Não lembrava mais quando tinha regado o jasmim, a hortelã e a manjerona, e nem me abaixei para verificar se a terra ainda estava suficientemente úmida. E embora tenha percebido que a roseira estava infestada de pulgões, não diluí um pouco de sabão preto na água para borrifá-la. As sementes de capuchinha germinaram, mas não as replantei para lhes dar uma chance de crescerem bem. Não esfreguei uma das mudinhas do orégano entre o polegar e o indicador e depois cheirei os dedos. Mal olhei as poucas plantas que sobreviveram. Só peguei o manjericão para descartá-lo porque ele estava muito visível na pequena mesa da sacada, ao lado do maço de cigarros e do cinzeiro.

Ontem, alguém me perguntou o que poderia fazer para que eu me sentisse melhor. Não me lembro bem quem foi, mas imagino que foi alguém que se preocupa comigo e para quem é importante que eu esteja bem. Poucas coisas são mais indelicadas que alguém que obriga você a se sentir bem. Tenho certeza que foi uma pessoa das mais bem-intencionadas. Mas, em certas situações, seria muito mais fácil ter o poder da telepatia. Isso evitaria tantas conversas absurdas e perguntas inoportunas. Evitaria tantos conselhos malucos e frases pré-fabricadas. Eu não sabia absolutamente que palavras encontrar para colocá-las na ordem correta e elaborar uma resposta. Em algumas situações, as palavras desaparecem. Ou não bastam. Esquecemos delas. Porque as palavras são o significado, são o tangível, e tudo isso é uma história antiga, que dura uma eternidade. Aliás, eu não consigo mais decifrá-las nos livros.

Disse que não sabia, porque era preciso responder alguma coisa, sempre exijo de mim mesma ser educada e não seria correto ficar muda. Essa pessoa, não sei muito bem quem foi, com certeza quis me ajudar. E já que eu não sabia que resposta dar à sua pergunta, ela quis me ajudar um pouco mais e se tornou cansativa. Ela insistiu e me pediu para refletir sobre o que eu desejaria se tivesse direito a três desejos que se realizariam por mágica. Estava começando a achar isso indelicado, mas sabia que era alguém gentil e, já que para mim a gentileza é a mais linda das qualidades no mundo, estava ainda mais incomodada. Refletir era uma história tão antiga que senti minha bolinha triplicar de volume na garganta quando a escutei pronunciar essa maldita palavra. Não me ocorria nada. Eu queria pegar sua cabeça entre minhas mãos e colá-la à minha. Como em um filme de ficção científica, uma corrente elétrica passaria de meu cérebro ao dela e ela veria todas as imagens desfilando a toda velocidade e todas as sensações possuírem seu corpo. Ficaríamos assim alguns minutos, o suficiente para que, uma vez que a convulsão de seu corpo tivesse parado, ela pudesse entender o ridículo da sua pergunta e me propusesse apenas que nos sentássemos no sofá sem falar nada. Sem precisar manter uma conversa pontuada com palavras e frases que não fazem mais o menor sentido.

Na verdade, eu sabia muito bem o que responder. Nem precisava de tempo para pensar. Sabia que só tinha um desejo: ressuscitar. Esse desejo mágico já estava presente compulsivamente na minha cabeça milhares de vezes por dia. Não tinha mais nada para desejar. Os outros desejos eram coisas dos vivos. Eu não precisava pensar. Não respondi porque não podia, em sã consciência, dizer a essa pessoa que o que eu queria era ressuscitar. Não faz sentido para quem não sabe o que é isso. Não queria assustá-la nem parecer ridícula. Ainda me importo em não parecer ridícula. Ainda não inventaram as combinações de palavras para explicar isso, elas não existem, e os esboços frouxos e medíocres, usados por consenso, são coisa dos vivos. Eu disse que sentia muito, mas que não sabia. Não disse que a única coisa que poderia me aliviar seria que meu coração aceitasse mandar o sangue aos pulmões para oxigenar o sangue. Não disse que só precisaria acordar uma manhã e perceber que meu coração aceitara voltar a bater como batem os corações, que não estou mais morta.

Desta vez, é diferente, eu sinto, é o golpe de misericórdia. A guerra aberta que meu cérebro travou contra mim por trinta e sete anos foi apenas um prelúdio, uma introdução, uma espécie de preparação delicada para a cena final do filme. Fiz como os outros, fui ver um novo médico, mais um. Não queria contar nada, remoer nada. Só queria que ele achasse a combinação certa de medicamentos, e rápido. Só queria um calmante forte, suficientemente poderoso para eu poder voltar. Não há nenhum. Não existe calmante suficientemente forte no meu caso. Ele quis me fazer dormir, mas os mortos não dormem. A combinação de cinco remédios em doses cavalares não deu em nada. Nem a menor batida no ritmo. Nem a menor célula oxigenada. Não estou muito surpresa, porque cada um morre do seu jeito. Cada morte é diferente, então acho um pouco estranho que os médicos deem os mesmos remédios para todos que querem reanimar. Acho que eles não sabem grande coisa.

Ele disse que era necessário esperar, que era necessário tempo. Só que cada dia é um dia a mais. A reanimação é uma corrida contra o relógio. Tenho a impressão de que os médicos não entendem nada quando se trata de reanimar as pessoas. Ele me disse que é um tipo de maratona em que se precisa avançar um passo após o outro. Não respondo quando as pessoas dizem coisas tão grotescas. O maratonista aguenta porque tem uma linha de chegada. Quando não há o menor esboço de linha de chegada, até o primeiro quilômetro é difícil. Estou no milionésimo quilômetro de uma corrida sem linha de chegada. O maratonista aguenta porque está vivo e seu coração manda, a cada batimento, o sangue oxigenado para todos os órgãos. Ele respira no ritmo e os pulmões expulsam a cada expiração todo o excedente de CO^2. Meu reino por um só batimento, por uma só respiração ritmada.

Hoje de manhã, abri os olhos na minha cama e as lágrimas escorreram instantaneamente. Percebi que o travesseiro estava encharcado. Eu tinha continuado a chorar durante o sono. Não são as minhas lágrimas. Não estou triste. São as lágrimas dos vivos que velam meu corpo e rezam para que eu volte. São as lágrimas daqueles que me amam há tanto tempo, que sentem meu corpo sucumbir e se decompor perto deles todas as noites. Me sentei na cama, depois deitei de novo em posição fetal para tentar silenciar as cãibras na barriga. Esperei assim, por alguns minutos, que o tempo passasse e eu só levantasse às oito horas, para ter tempo de abraçá-la e de me despedir dela. Não quero que ela me sinta. Não tenho mais o mesmo cheiro. Quero que ela mantenha intacta a lembrança do meu cheiro de antes. Não quero respingar suor frio nela. Consigo fingir por alguns minutos, mas não pode demorar muito. Eu me despeço do mundo dos mortos uns minutos e ordeno ao meu corpo que lembre como os corpos dos vivos se movem. Desafio as leis dos infernos e me puxo para fora do meu mundo para me juntar ao seu por uns instantes, depois morro de novo. Não aguento muito tempo. Eu pensava ter salvo os passeios nos jardins no início da primavera. Eu pensava ter salvo os plantios do fim do inverno. Eu pensava ter salvo nossas duas mãos que se seguram a caminho da escola. Eu queria nunca ter soltado a sua mão. Eu queria ter sido um gigante, um rochedo, uma montanha. Eu queria tê-la poupado. Poupado-a disso. Poupado-a de mim.

Saio na sacada para tomar o primeiro café da manhã e fumar o primeiro cigarro. As papilas morreram com o resto. Não me lembro mais do gosto do café, mas sei que o gosto não é esse. Tomo-o por costume, por reflexo, por puro condicionamento. Olho as plantas que sobreviveram e que nem me dou mais o trabalho de molhar e vejo os primeiros botões de março aparecendo. Acho-os quase indecentes. Eles crescem como se nada houvesse. Como se eu ainda estivesse viva. Não cuido mais delas, das poucas plantas ainda com vida, mas elas florescem mesmo assim. A primavera não se importa com os mortos, com os corpos caídos durante a noite. Ela não liga para os terrores noturnos em pleno dia. Eu teria imaginado minhas plantas mais compreensivas, mais solidárias, ao contrário das árvores e das plantas lá fora, que gritam a primavera há algumas semanas. Acho que minhas plantas esperaram um pouco. Esperaram o quanto puderam, prenderam a respiração, me esperaram voltar para a vida, e os últimos dias de março finalmente as conquistaram.

Um dia é longo. É uma eternidade. Não sei se terei forças para tentar sair mais uma vez, nem que seja para andar só alguns metros lá fora. Nos primeiros meses, eu ainda tentava, de vez em quando. Tentava apesar de o coração não querer oxigenar o sangue, dos suores frios e da tontura. Não chegava muito longe. O corpo só consegue dar alguns passos quando o coração não bate no ritmo certo. A guerra que meu coração declarou contra mim é de uma violência sem igual, sem precedente. Ele não obedece a mais nada e hesita o tempo todo entre metralhar e desertar. Ele não obedece a nada e se recusa a mandar o sangue para os pulmões. Meu sangue está saturado de dióxido de carbono. O cérebro morre um pouco mais a cada dia. As sinapses estão em um curto-circuito perpétuo. Foi o coração que abriu fogo, mas o resto todo do corpo segue e aprova a guerra aberta. Privados de oxigênio, todos os órgãos enfraquecem e a carne se putrefaz a cada dia um pouco mais, mas é o cérebro o que menos aguenta a asfixia. Não sei se quero me infligir isso hoje, arrastar meu cadáver e agitá-lo na rua para fazer de conta, para lhe lembrar os gestos que meu corpo conhecia quando estava vivo.

Notei que a dor da alma morta é parecida com a dor física em um ponto: quando chegamos a um certo ponto de dor, a única resposta do corpo é se aninhar, a cabeça nos joelhos, e se balançar. Como os autistas. Não diminui a dor, mas é um gesto arcaico. Eu me balanço e penso em Sandrine, que se balançava quando foi morta também. Penso em sua risada que não era sua e penso que isso é semelhante às minhas lágrimas, que não são minhas. Consegui morrer mais do que Sandrine porque ela ainda conseguia arrastar seu corpo nas ruas e assistir televisão. Penso nela e imagino-a em seu centro especializado, circundada por um bando de médicos incapazes de ressuscitá-la. Revejo seu sorriso e seus olhos luminosos de antes e uma vontade louca de ir para longe com Sandrine me assalta o estômago. Iríamos embora, as duas, para longe de tudo, o mais longe possível, para uma floresta tão grande, tão densa, que lá não cruzaríamos com nenhum olhar. Andaríamos sem falar, dias e dias, até uma clareira em que os carvalhos, os buxos e os castanheiros se abririam para deixar passar a luz suficiente. Seria primavera e haveria tantas samambaias, heras, narcisos-do-mato, jacintos-selvagens, lírios-do-vale e espinheiros floridos que nós acabaríamos lembrando como se respira e todo o resto. Aproveitaríamos o tempo, ela e eu, recordaríamos uma lembrança de cada vez, infinitamente devagar, ao ritmo da floresta.

Penso em sua risada. A luz nos olhos de Sandrine é imortal, seu riso soluçante é, com certeza, um tipo de encantamento que ela repete sem parar há anos. Um encantamento para os deuses que a trariam de volta à vida e me ressuscitariam também. Sandrine recita sua risada em seu centro como os monges reclusos recitam suas orações de manhã até de noite. Ela recita seu riso como os xamãs recitam suas invocações. Ela se balança como esses sacerdotes tremem em suas danças, quando entram em transe e em comunhão com os espíritos. Penso de novo na luz imortal de Sandrine e digo para mim mesma que talvez ela soubesse muito bem o que estava fazendo. Ela nunca sucumbiu. Pode ser que, há quinze anos, quando me avistou na rua, percebeu imediatamente que eu já tinha começado a morrer e, na hora, começou seus encantamentos. Ela tinha me visto e, instantaneamente, tinha entrado em transe para rezar para todos os deuses me trazerem de volta. Ela não tinha dormido a noite toda porque havia imediatamente compreendido que eram necessárias todas as intervenções divinas para me ressuscitar. Sandrine deve estar em algum lugar me esperando e rezando. Gostaria que Sandrine batesse na minha porta e me ajudasse a me lembrar.

Esqueci tudo. Minha memória morreu com o resto. Dela só sobrou um tipo de curto-circuito. Ela não tem mais a menor ideia do que deve esquecer e do que deve guardar. Jogou fora o manual de instruções de tudo que é indispensável à vida. Descartou lembranças arcaicas como o manual de instruções da respiração. Imagens insensatas e sem utilidade nenhuma se atropelam. Minha memória faz nascer, toda manhã, ervas daninhas escuras que arranco sem descanso e em vão. Ela as faz nascer na velocidade da luz todo dia, ao amanhecer. Ela faz, de novo e de novo, rolar a pedra montanha abaixo e eu não aguento mais empurrar. A pedra de minhas lembranças não tem sentido nenhum, nenhuma razão lógica, nenhuma cronologia. A pedra de minha memória é um amálgama de imagens espectrais e deformadas. Não é minha pedra, aquela que conheço, é a de um outro alguém, que assume o controle das minhas lembranças e me manda empurrar qualquer coisa, de qualquer jeito, na minha memória. É a de outra pessoa. Eu conheço a minha. Pode ser que os deuses, sendo ainda mais cruéis, também tenham obrigado Sísifo a empurrar uma pedra que não era dele.

Tenho que continuar empurrando. Tenho que continuar correndo, mesmo que não exista linha de chegada. Tenho que continuar inspirando e expirando, mesmo que o coração não faça mais o sangue circular. Meu corpo sem vida é melhor do que nada. Meu corpo sem vida é menos monstruoso, menos imperdoável. Tenho que dar ordem ao meu corpo para ficar ali, ao lado dela e de suas mãozinhas, e esperar Sandrine. Estou ali, no penhasco, no fim de tudo, ainda tentando respirar. Bombeio as últimas moléculas de oxigênio e chamo para mim as últimas lembranças das consoantes e vogais. Tenho que continuar a correr, tenho que inspirar e expirar. Não importa o oxigênio. Quando o médico falou em internação, eu o interrompi antes que ele terminasse a frase. Ele não entendeu a violência com a qual eu respondi. Ele não entendeu a agressividade nem o tom ameaçador. Não foi uma frase que saiu da minha garganta, foi um rugido. Meu corpo sem vida é melhor do que nada.

Tenho que aguentar. Hoje. Depois amanhã. Tenho que me lembrar como se faz. Não importa que não tenha linha de chegada. Não importa a morte. Tenho que aguentar porque o futuro do universo inteiro, do seu universo, depende disso. Porque o equilíbrio infinitamente frágil de seu cosmos está preso por um fio, meu fio, pela minha capacidade de me levantar. Tenho que aguentar e ficar ao lado das suas mãozinhas que conheço tão bem. Eu as reconheceria entre milhares. Conheço cada covinha nas costas delas, cada pequena unha lisa, conheço a umidade delas e conheço cada pequena falange de cada dedinho. Conheço ainda melhor sua mão esquerda do que sua mão direita, era a que segurava com mais frequência a minha. Eu pensava ter salvo os atalhos pelos terraços de café e pelos parques no caminho de volta da escola. Pensava ter salvo as danças malucas, minhas coreografias na sala que a faziam gargalhar. Eu queria ter sido um guerreiro, um cavaleiro valente, um samurai. Gostaria de ter sido um dragão ou uma fênix. Queria ter sido forte, audaciosa, inabalável. Queria ter sido forjada em um aço indestrutível, resistente a toda prova. Queria ter sido um macho alfa, ter um clã, uma tribo, uma crença. Queria não ter me matado. Queria não morrer. Queria me lembrar de como se faz para respirar.

Tenho que aguentar. Estou em apneia no fundo do oceano. Estou em apneia a uma profundidade em que a escuridão não é mais escuridão, em que o negro é de um negro desconhecido do mundo dos vivos. A essa profundidade, a luz da superfície não passa de um sonho, uma lembrança. Tenho que mandar nascerem guelras em mim porque a promessa da superfície e do oxigênio não existe mais. Tenho que aguentar e mandar meu corpo, sobretudo, não se mexer, ficar perto dela e esperar Sandrine. Tenho que me habituar a viver com lama preta em vez de sangue. Tenho que me transformar em uma nova espécie que não precisa de coração para viver. Tenho que me lembrar como se faz para ressuscitar. Tenho que encontrar forças para regar o que sobra das plantas no terraço.

Não consigo mais me lembrar. Não me lembro mais. Não me lembro de mais nada. Esqueci tudo. Não sei quando nem como aconteceu. Não sei quando nem como chegamos até aqui. Tudo o que eu sei é que eu abri a janela sobre meu corpo hoje de manhã, e ali encontrei uma guerra civil. Tenho que continuar a responder quando o telefone toca e conseguir encontrar as palavras certas para construir as frases certas para dizer que sim, está tudo bem. Tenho que lhe dizer que está tudo bem. Que estou muito bem. Responder que sim, a primavera já está aqui e, sim, aproveito os calçadões e os jardins. Ela está bem e cresce rapidamente. Sim, o azul do céu na primavera é uma poesia por si só e a amendoeira da minha rua já está em flor. Ele também, sinto saudades dele e tentaremos nos ver em breve.

Não lhe direi nada. Não posso lhe dizer. E quando o telefone tocar vinte vezes por dia porque ele estará em apneia no fundo de outro oceano, eu responderei. Responderei todas as vezes. Conseguirei encontrar as palavras certas, colocá-las na ordem certa, para construir as frases certas para lhe dizer que está tudo bem, que tudo ficará bem, que sempre tem um dia seguinte, um novo nascer do sol escarlate e novos botões de flores. Eu lhe direi o orvalho da manhã e o perfume das flores de jasmim e das plantas aromáticas no terraço à noite. Eu lhe direi o cheiro da terra após a chuva e o cheiro do café da manhã. Eu lhe direi que não está tudo tão mal, que sim, eu o conheço. Eu lhe direi a Via Láctea no mês de agosto na montanha, quando nós nos damos o trabalho de levantar os olhos para o céu e o mar de azeite do outono e seus reflexos prateados sob a lua à noite. Eu lhe direi que plantei novas sementes de manjerona e de tomilho e que o alecrim floresceu mais cedo este ano. Que ele está imenso, que ele não para de crescer, que se tornou um verdadeiro arbusto. Da próxima vez que ele vier, eu lhe mostrarei.

BEIRUTE, 2016

NÃO SOBRA NADA. Morreu tudo. Não sobra a menor migalha de tudo que já foi. Tudo se despedaçou, um pedaço após o outro, tudo se consumiu para acabar em cinzas. Estou sentado ali, nas ruínas do que existiu. Eu sou a sombra. Sou o fantasma guardião de um reino caído. Não sou nada além da tinta que ainda teima em escorrer nesta folha em branco. Igual às últimas convulsões de um moribundo, a tinta jorra espasmodicamente e desenha, linha após linha, o absurdo. Essas linhas martelam o que sobra de mim. De nós. Não sobra muita coisa. Minhas palavras não matam mais o absurdo. Minhas palavras o alimentam. Eu alimento o monstro. Minhas palavras são de uma língua morta que sou o último a falar. As de uma civilização desaparecida há tanto tempo, de um alfabeto tão antigo, que nenhum vivo saberia decifrá-las. Uma civilização que, talvez, nunca tenha existido. As palavras não são mais o sentido, não são mais nem o combate, nem a revolta. Só quero anestesiar meu rei antes de colocá-lo na cama. Queria matar o cérebro do meu rei antes de colocá-lo na cama. Não sobra nenhuma jogada no tabuleiro de xadrez.

Estou sentado aqui, neste quarto sórdido, e espero. Não tenho mais quase nada, não preciso de nada. Uma cama para dormir, uma mesa e uma cadeira. Ontem, saí para comprar café, cigarros, folhas e canetas, é basicamente tudo o que preciso. Não saía de casa há duas semanas. No caminho que me levava à papelaria, pensei que mais nada de tudo isso, ali fora, me fazia falta. Essas ruas não eram mais as minhas, essa cidade era só o espectro de minha cidade, a que eu conheci. Andava entre as pessoas e pensava que não eram mais meus semelhantes, nem meus concidadãos, nem mesmo os verdadeiros moradores desta cidade. São uma espécie mutante que atacou a cidade, colonizou-a e se apoderou de todas as suas ruas, de todas as suas lojas e de todos os seus cafés. Pegaram minha cidade. Minha cidade caiu. Ela desmoronou e estrangeiros vieram construir uma nova, uma réplica de mau gosto, um artefato, uma cidade fictícia. O sangue das suas vítimas ainda deve estar escorrendo nos esgotos. O Mediterrâneo não deveria mais ser azul, mas vermelho.

Depois que comprei o papel e as canetas, escolhi, na mesma rua, um terraço de café deserto e me instalei. Escolhi aquele café porque não tinha ninguém. Não queria ouvir nenhuma conversa fútil, não queria ver nenhum corpo mutante se agitar à minha volta. A simples presença do garçom já era quase demais. Felizmente, ele pegou meu pedido sem dizer nada. Felizmente, ele não tentou entabular uma conversa a respeito do tempo ou outra futilidade para merecer sua gorjeta. Nunca mais quero falar com eles, com todas essas pessoas, faz muito tempo que não tenho mais nada para lhes dizer, há uma eternidade sou um estrangeiro. É como turista que, às vezes, ainda sento nos terraços dos cafés ou ando um pouco na orla à beira-mar.

Há quase quarenta anos, íamos os dois juntos. Às vezes eu a levava cedo de manhã na orla para tomar um suco de laranja. Nessa época ela mal sabia andar e eu ainda segurava o copo e o canudo para ajudá-la. Às vezes levávamos seu cavalinho de balanço de madeira e ela cavalgava de frente para o mar. Quando caía, eu fazia palhaçadas para ela rir. Pegava sua minúscula mãozinha na minha para ajudá-la a achar o equilíbrio e aprender a andar. Pensava nesses instantes benditos e me dizia que os tínhamos roubado, que os tínhamos arrancado de todo o resto, de tudo o que é feio e da fatalidade. Pensava em suas pequeninas mãos e nas covinhas no início dos dedos. Pensava na maciez e no calor delas. Pensava em sua transformação no decorrer dos anos, na forma como cresceram e se afinaram. Pensava em tudo, nisso e em tudo o mais, sentado na minha mesa no café, no terraço deserto, na cidade deserta de tudo o que importava, vazia de tudo o que tinha sentido.

Não fiquei muito, só o tempo de dois ou três cigarros. Não senti vontade de escrever. Logo senti vontade de voltar para casa. Queria evitar encontrar alguém conhecido. Ainda tinha dois ou três amigos com quem continuava, há algum tempo, a fingir que a amizade não estava morta e enterrada, como todo o resto. Fingia que esvaziar uma garrafa com eles, de vez em quando, ainda fazia sentido. Fingia que ainda tinha um pouco de orgulho, que sim, eu continuava escrevendo, que trabalhava em um novo projeto, algo diferente, que requeria muitas pesquisas e ocupava a maior parte do meu tempo. Como se ainda me importasse com o fato de ser lido ou publicado. Não disse para eles que o último manuscrito nem chegou ao editor. Parei um táxi na rua e lhe dei vinte dólares e o manuscrito para entregar na editora. Nem tinha mais motivação suficiente para ir eu mesmo. Não tem importância nenhuma. Há algum tempo, eu ainda fingia. Depois dos milhares de copos esvaziados, mal conseguia falar com eles. Às vezes até me via rindo e declamando para eles, no fim da noite, os poemas que eles me pediam. Fingia que a poesia ainda não estava morta e enterrada, como todo o resto. Eu os deixava me elogiar e me parabenizar como se ainda tivesse trinta anos e tudo começasse, como se tivesse tudo para inventar e tudo para amar. Eles compravam o necessário para cozinharmos juntos pratos dos quais gostávamos e eu os agradecia como se ainda me importasse em comer. Eu deixava que eles me contassem suas últimas conquistas, suas mágoas, ou dos filhos, como se o amor não tivesse se despedido há milhares de anos.

Às vezes, circulávamos à noite por alguns bares nos quais a nova geração acredita que o país ainda existe, que suas vidas não são terrivelmente vazias como suas cabeças, e que, enquanto a carteira estiver bem abastecida, o mundo estará ao seu alcance. Eu acompanhava os dois ou três amigos que sobravam, sem contar para eles a náusea que esses bares me provocavam, e nos quais eles ainda insistiam em ir. Conhecia essas pessoas lá de fora, não precisava sair de casa para ver em que os jovens haviam se tornado, nem os velhos, nem em que nós tínhamos nos tornado. Eu ainda fingia que a amizade importava e atendia o telefone, de vez em quando, cada vez com menor frequência. Quando eles insistiam, às vezes cedia e saía do meu quarto para uns drinques. Fingia que ainda tinha dois ou três amigos que não tinham matado nem torturado. Que eu ainda tinha dois ou três amigos que não pertenciam a partido nenhum, que ainda não tinham se vendido, que ainda não tinham se corrompido, ou algo assim. Fingia desculpá-los por isso, precisavam alimentar a família, esse ou aquele jornal, esse ou aquele canal de televisão, afinal não eram piores que os outros, tudo mundo é vendido, e dá no mesmo trabalhar para essa ou para aquela pessoa, tem que trabalhar. Eles não tinham coragem de me perguntar por que não trabalhava mais, por que não escrevia algumas matérias, pelo menos para ter o suficiente para pagar minhas bebidas. Eles não tinham coragem de me perguntar por que eu tinha pedido demissão alguns meses antes da aposentadoria e eu, em contrapartida, aceitava ir esvaziar uns copos no centro da cidade e fingir que a amizade tinha sobrevivido a isso tudo.

Tudo isso acabou. Saio cada vez menos. Pode passar um mês sem que eu coloque os pés no centro. Tenho cada vez menos vontade de falar. Nunca falei muito e sempre odiei as pessoas muito falantes, em particular as que falam alto, além de falar muito. Mas agora quase não falo mais. Nunca respeitei tanto a calma e o silêncio. Cansei. Estou cansado. Por isso tomei meu café rapidamente, fumei alguns cigarros, e me levantei para voltar para casa, feliz por não ter encontrado ninguém, com pressa para voltar para minhas paredes sórdidas. Acelerei o passo na volta e evitei o vendedor de jornais, que ainda não entendeu por que há meses não compro mais meu jornal habitual. Não me importo mais em ler o jornal. O país pode desmoronar, o mundo pode desmoronar, não ligo, não vejo o que poderia acontecer de pior. Quanto à página de cultura, ela se tornou a menor das minhas preocupações. Não leio mais quase nada. Não dou mais importância para quase nada. Só estava com pressa de voltar para casa e tirar meus sapatos e minhas meias.

Este quarto é meu último refúgio. Sei que é aqui que terminarei. Nem tenho mais vontade de me mudar, como acontecia muito antes. Isso era antes, quando ainda tinha um outro lugar, quando ainda sabíamos do que fugíamos. Agora, o lugar em que me encontro me deixa totalmente indiferente. Na verdade, não tenho mais do que fugir e, mais do que isso, não tenho mais nada para salvar. O pior é que, se as bombas viessem a cair novamente, se uma nova guerra disparasse como em 2006, meu corpo e meu cérebro falhos correriam para se abrigar em algum lugar, pode até ser que meu maldito instinto de sobrevivência, que continua funcionando contra minha vontade, voltasse à superfície em uma fração de segundos. Então subiria como um covarde no primeiro carro que aceitasse me afastar da zona de perigo. Por mais que eu fale para o meu instinto que agora já está tudo perdido, que é preciso depor as armas e se entregar à fatalidade, mas nada ajuda, continuo querendo sobreviver, todo dia, acordar de manhã, escurecer linhas com uma língua morta, todos os dias. Talvez, de tanto escrever, o gesto tenha se tornado instintivo. Talvez, depois de todos esses anos escrevendo todos os dias, escrevo como respiro, como fumo, como tomo café, como levanto de manhã para mijar.

Saio para fumar um cigarro na sacada e levanto os olhos para o céu. Não posso deixar de reparar que o céu é de um azul real hoje. É lindo. É para ser lindo e meu cérebro condicionado recebe a mensagem da retina e faz com que um tipo de arrepio percorra meu corpo inteiro. Sou condicionado por dezenas de anos em que eu teimava em tecer a poesia. Doze coletâneas deixaram meu espírito permeável ao possível de todas essas besteiras. Meus olhos dizem para meu cérebro que fala para meu corpo: é lindo. Imagina! Pro inferno o céu azul e o vento matutino. Pro inferno o mar, as flores de romãzeira, o cheiro do café de manhã e o primeiro cigarro. Tudo isso era antes. Antes, eu contemplava durante horas as folhas das árvores a dançar a valsa do vento da manhã. Observava o sol vir esquentar os troncos e inundar a folhagem trêmula. A música da vida vinha murmurar ao meu ouvido a poesia de cada molécula, de cada átomo. A paleta infinita do verde da primavera vinha animar minhas pupilas e despertar o amor em mim. O amor pelas coisas simples. O amor pela vida. Era todo dia de manhã. Era a cada primavera. Apesar de tudo. Apesar da mala no porta-malas do carro, os corpos caídos e os terraços desertos. Foi antes. Foi há uma eternidade. Foi quando adormecia, confortado pelo ritmo de sua respiração, aninhado contra seu corpo nu. Foi há uma eternidade, quando ainda acordava em lençóis impregnados de seu cheiro.

Antes eu lhe repetia que o mar aqui é mais azul do que em outro lugar. É o mesmo mar, eu lhe dizia, mas aqui é bem mais azul. E ela sorria para mim, todas as vezes. Às vezes, até a fazia rir, a fazia rir tão alto, até o ataque de risos, até as lágrimas escorrerem. Ainda a escuto. Antes, esperávamos o toque de recolher e corríamos para a orla. Pegávamos a menina e o cavalo de balanço e íamos, os três, verificar que, sim, o mar é bem mais azul aqui do que em outro lugar. Meu pequeno homem ainda não tinha nascido. Antes, lhe dizia o nome dos pássaros e das plantas, e lhe falava da lua. Como se fosse o único a ver a lua. Ela me escutava. No início, ela me olhava como se eu realmente fosse o único a ver a lua.

Soube, na hora em que a conheci, que a partir daquele momento nenhuma outra mulher contaria. Cruzei com seu corpo e, instantaneamente, todos os outros corpos se apagaram. Eu a vi andar lá longe e, imediatamente, as outras mulheres se tornaram silhuetas vazias que se agitavam à sua volta. Foi há mais de quarenta e cinco anos, foi há uma eternidade. Eu a vi atravessar a cafeteria da universidade e meu corpo inteiro a reconheceu. Ele foi possuído por ela, instantaneamente. Meus olhos encontraram os seus e soube que, desde esse momento, o mundo seria despovoado de todos os outros olhos. Não precisei de mais de um minuto depois de cruzar seus olhos de uma cor que os deuses inventaram só para ela e para mim, um tipo de esmeralda desconhecida do mundo terrestre, para compreender que o universo tinha acabado de reinventar o sentido do verbo amar. E não precisei de muito mais tempo para entender que iria perdê-la, mais cedo ou mais tarde, que ela seria minha perda, meu abismo.

Ela me amava. Ela aceitou tudo, adotou tudo. E quanto mais me amava, mais eu a testava. Todo dia. Não sei por que eu fiz com que ela partisse. Coloquei nisso uma energia e uma seriedade inimagináveis. Procedi com um método e uma assiduidade sem comparações. Orquestrei com sabedoria nosso abate. Não dei chance nenhuma a ela. Quando provocava sua raiva e ela não me oferecia-a, quando ela se recusava a me dar essa raiva, a me concedê-la, perdia o pouco da razão que me sobrava. Eu me tornava um outro, uma criatura das sombras. Todo dia, toda hora, eu a testava. Quanto mais ela passava em meus testes, mais continuava me amando, mais me perdoava, e mais meus planos ganhavam em crueldade. Queria tanto possuí-la que cheguei a ter ciúmes até mesmo das moléculas de oxigênio que ousavam penetrar em seu corpo, do ar ambiente que ousava acariciar sua pele. Ela me seguiu até o fim da noite, me acompanhou até onde ninguém vai, andou ao meu lado até o precipício, até onde é impossível continuar andando. Ela não podia dar um passo a mais. Segurou minha mão até a borda do precipício, até onde o mundo acaba. Eu sei agora. Agora, sei que não há nada que ela pudesse ter feito que iria me aliviar. Quanto mais ela estava ao meu lado, mais ela escapava, como areia, das minhas mãos. Apertei a areia o mais forte que podia, forte para comprimi-la, até se tornar poeira. Meu plano deu certo. Consegui ir até onde ela não conseguiu me seguir. Eu sabia, provei para ela. Sabiamente, lhe demonstrei que ela não era tão forte quanto achava que era. Ela perdeu, eu ganhei.

Eu só queria vê-la novamente uma vez. Uma única e última vez. Só queria pegar sua mão na minha e sentir mais uma vez o perfume de seus cabelos. Só queria que lembrássemos, juntos, dos nossos passeios à beira-mar, uma última vez. Nem seria para me desculpar, para ela me perdoar, para que eu fosse absolvido dos meus muitos pecados. Não, não seria para isso, seria só para que, no espaço de um instante, de alguns segundos, o grito da saudade na minha barriga parasse. Para que, durante alguns segundos, pudesse sentir o calor da palma de sua mão esquentar o frio congelante que me corrói desde aquela noite de setembro em que suas mãos desertaram as minhas. Não parei um segundo de pensar em suas mãos desde que elas soltaram as minhas. Eu queria que ela entrasse pela porta deste quarto e, sem dizer nada, viesse sentar na beirada da minha cama, enquanto durmo. Queria que ela pegasse minha mão na sua e ficasse ali, se ela quisesse, alguns segundos, alguns minutos, ao meu lado. Não precisaria falar, nem me acordar. Mesmo profundamente adormecido, sentiria sua mão na minha. Conheço suas mãos como se as tivesse feito. Eu as reconheceria entre milhares. Sentiria seu cheiro invadir meus sonhos e, no tempo de um instante, as imagens iriam embora. Não sonharia com mais nada além do cavalinho de madeira, do verde-esmeralda de seus olhos e da espuma das ondas vindo quebrar nos rochedos. Ela ficaria ali um tempinho, não muito tempo, depois iria embora.

Há anos não olho mais as fotos. No começo, olhava para elas o tempo todo. Buscava seu cheiro nas poucas coisas que tinha deixado. O cheiro de seu corpo me abandonou há uma eternidade. Antes, eu farejava como um cachorro seus objetos e roupas, mas era como se eles nunca lhe tivessem pertencido. Eles se tornaram inodoros, tinham o cheiro dos objetos deixados pelos mortos. Por mais que o morto esteja morto só há alguns dias, leva seus cheiros com ele e seu cheiro abandona imediatamente seu próprio corpo. Até seu travesseiro não cheirava a mais nada. Antes, ainda buscava uma lembrança de seu cheiro no corpo das outras mulheres. Ainda achava que conseguiria encontrar um corpo que me lembraria o dela, que carregaria um tipo de cheiro de substituição. Eu ainda buscava mãos que me lembrariam vagamente a graça das suas, que teriam os pulsos tão graciosos, as veias aparentes e alguma coisa de mágico nas palmas. Foi antes. Antes, ainda tinha algumas plantas na minha sacada. Minha sacada de não sei mais qual apartamento.

Não compro mais mudas de jasmim nem vasos de manjerona há anos. Não quero mais sentir as exalações das flores no pôr do sol. E as gardênias. E a primavera, o renascimento mágico da natureza, os primeiros botões, as primeiras flores, as cachoeiras que se desenham nos vales. É a mesma emoção e são as mesmas baboseiras a cada ano, a cada primavera. Bobagens. Este tempo acabou. O tempo da poesia e da bobagem. A poesia, as palavras é o que encontramos para injetar um pouco de sentido no caos, para colocar em versos um pouco de imortalidade, é quando ainda tentamos escapar ao absurdo da nossa existência. Não preciso mais de nada disso, o absurdo não me incomoda. Eu me caso com ele, faço-o meu, adoto-o, quase me deleitaria com isso. Parei de comprar plantas porque não preciso mais de ilusão. Menos ainda de lembranças. As lembranças devem morrer com o resto. Não preciso mais fingir, me adequei ao absurdo, ao caos, ao nada. Não preciso me tranquilizar mais. Isso era antes. Antes, ainda enfeitávamos nossas sacadas com um pouco de eternidade. Antes, ainda era preciso tentar fingir. Fingíamos que o cheiro das gardênias importava, que ainda não estávamos completamente perdidos.

Quero que as lembranças morram com o resto e que as imagens cessem. Lembro-me de tudo, não consigo mais esquecer. Não existe uma só imagem que eu consiga apagar. A memória humana não é feita para estocar tantas imagens. Minha memória está comprometida, guarda tudo, não descarta nada do que deveria jogar fora. Minha memória é de uma desobediência rara, não separa absolutamente nada. Por mais que me esforce para anestesiá-la, para tentar fazer morrer nela o que precisa morrer. Ponho nisso uma energia sem igual, tento criar curtos-circuitos, tento o calmante forte, mas nada funciona. Ela resiste. Eu resisto. Me lembro de tudo. Seus olhos, suas mãos, os jasmins, as manjeronas, as explosões, a horta, os cheiros de pólvora, o lago na primavera, seus gritos, o saco de soldadinhos, as flores das amendoeiras, seu perfume, sua voz, as roseiras, suas lágrimas, as risadas deles. Me lembro de tudo, não descarto nada.

Revejo meu homenzinho toda noite vir me perdoar, me sorrir, me pôr na cama. Vejo-o alinhar os soldadinhos e os tanques de plástico que nunca iniciam as hostilidades. Escuto sua risada ecoar e revejo seus olhos que são minha razão e minha casa. Eu me lembro de tudo, sem ordem, sem poder reconstruir a menor cronologia dos últimos quarenta anos. As lembranças se amontoam na minha cabeça de forma caótica e insensata. Me lembro de tudo e minha cabeça ameaça explodir. Eu a revejo, tão pequena, seus olhos negros, seus cílios imensos. Me lembro do barulho estridente que saía de sua garganta quando ela tentava inspirar. Eu a revejo toda noite em pé, na entrada da sala, me suplicando com os olhos para eu fazer algo. Eu me lembro de tudo. Todas as noites, imploro ao meu cérebro que deponha seu rei e se entregue ao esquecimento.

Morrer mil vezes e renascer mil vezes. Continuar a respirar. Escutar o coração bater inexoravelmente e cumprir seu dever, mandar o sangue e o oxigênio até a menor célula do corpo. Sentir os pulmões se encherem no peito e se esvaziarem de seu ar. Inspirar, expirar. Ritmadamente. E ir fazer xixi. Morrer mil vezes e renascer. A máquina teima, com uma perfeição assustadora, com um ritmo robótico, em funcionar sempre e ainda na mesma ordem dogmática. Respirar, beber, urinar. Bocejar, dormir e abrir as pálpebras à luz da manhã porque a máquina dormiu o suficiente. Porque ela não está nem aí se não queremos levantar. O coração bate no ritmo do acordar, acelera os batimentos e manda mais sangue ao cérebro e aos membros. Então sentamos na cama, encostamos os pés no chão, um depois do outro, e levantamos. O cérebro envia a ordem para as pernas se moverem, uma após a outra, e as pernas obedecem, as pernas e os pés executam a tarefa com perfeição e adentram o banheiro onde a bexiga se esvazia depois que os rins fizeram bem seu trabalho durante a noite. Máquina espantadora de perfeição.

É meu corpo. É um corpo. Fico com a impressão de que, às vezes, ele vive uma vida independente da minha. Ele ainda levanta de manhã com vontade de uma xícara de café. Ele me manda levantar, então eu levanto. A respiração se faz sem pedir minha permissão. O cérebro acorda de sua anestesia quando bem entende. O estômago decide que ele está vazio há tempo demais e manda o sinal da fome para o cérebro sem pedir minha opinião. A máquina é estranha a todos os meus estados de alma. Parece que ela não se importa com a singularidade do espírito que carrega. Ela cumpre seu dever como fazem as outras máquinas. Máquina entre as máquinas, poeira entre as poeiras, comum entre os comuns, corpo entre os corpos, mão entre as mãos. Mão que rabisca incansavelmente, linha após linha. Cérebro que pensa, ainda. Mão que se move, ainda. Olho para ela como um objeto curioso. Cada falange está no lugar. Cada falange está perfeitamente e precisamente na posição necessária para o ato de segurar a caneta de forma perfeita. *Homo habilis. Homo faber.* É aí que toda a história começa: a mão. Criação perfeita. Acabamento último. Mecânica assustadora de precisão. Olho o jeito como cada um dos meus dedos se move, cada uma das minhas falanges se posiciona em conformidade com cada um dos meus gestos. Mãos e cérebro. Uma inteligência e a ferramenta perfeita para usá-la. Duas mãos. Dez dedos. Perfeitamente coordenados. Criatura monstruosa.

Observo minhas mãos grossas, que continuam desenhando linhas, ignorando regiamente minha capitulação, ignorando minha abdicação, minha renúncia a tudo. Observo a forma justa e precisa com que elas seguram a caneta e traçam as letras e as palavras. As letras são calibradas e a escrita é regular. As linhas são bem paralelas e as páginas numeradas. As folhas são classificadas em diferentes tipos de assuntos ou por datas e invadem a mesa e a parte de cima do bufê ao lado. Escrevo como ainda suspiramos, alguns segundos antes de partir, quando já não estamos mais conscientes. Quando o coração para, inspiramos e expiramos ainda duas ou três vezes, e às vezes um suspiro, como um último sobressalto, sai da garganta. Esse suspiro não é nem consciente nem voluntário e acontece depois da parada do coração. Meu coração parou, mas ainda escrevo.

Olho para as minhas mãos e penso nas suas. Estou possuído pelas suas mãos. Não parei de pensar no cheiro de suas mãos nem um segundo. Não penso em nenhuma coisa erótica, penso nas tarefas diárias, nas tarefas banais que eu a olhava realizar. Eu as revejo segurando o volante do carro e colocando a chave na porta. Eu as revejo tirando as folhas do ramo de hortelã e virando as páginas de um livro. Eu penso de novo em todos esses objetos que não a conheceram, que não viram sua chance, sua salvação. Que não viram a graça. Penso em suas mãos. O tempo todo. Em cada dedo, cada falange, nas unhas lisas, nunca muito compridas, nem muito curtas, nos seus contornos. Na pele fina que deixa enxergar as veias em transparência. Em cada ruguinha de cada falange, em cada cutícula, em cada linha de vida. Por que será que fiz com que suas mãos fossem embora para tão longe das minhas? Como pude? Depois que conheci suas mãos, as mãos são a primeira coisa que olho nas pessoas. Sou amputado das suas mãos, aniquilado pela falta delas. Não quero mais fingir apertar outras mãos nas minhas, não quero mais fingir que outras mãos podem acariciar minha testa. Tentei. Não quero mais. É aqui que tudo acaba. Estou cansado de fingir que tudo não acabou. Sou o ator esgotado depois de uma vida inteira no palco. O último ato é medíocre e interminável, meu corpo não obedece mais e esqueci meu texto.

Até mesmo Alonso[14] acaba se cansando e volta para morrer em casa, com os seus. Até mesmo Alonso acaba desistindo, até ele recupera a razão. Até ele renuncia aos moinhos de vento. Estou cansado de atuar. Meu corpo está pesado, minha cabeça mais ainda. Ela nunca me deixa descansar, nem que seja um pouco, alguns minutos, alguns segundos. Suplico ao meu cérebro para parar de pensar, parar de produzir milhares de imagens por segundo. Explico-lhe o absurdo de seu trabalho, o ridículo de sua teimosia. Ele não obedece em nada. Nem à noite ele me deixa tranquilo, me acorda e me dá vontade de bater a cabeça nas paredes. Quero o vazio, quero o silêncio, quero que tudo pare. Continuo esvaziando meus copos na esperança de conseguir, mas meu maldito instinto é mais forte do que pensava e continua a mandar o sangue para o cérebro, a fazer as sinapses funcionarem e a irrigar meu corpo inteiro.

Só gostaria de um pouco de paz. Alguns segundos. Só por um instante. Gostaria do silêncio, dos seus olhos negros e das suas duas mãos na minha cabeça. Gostaria de ter suas duas mãos para mim uma última vez. Suas duas mãos que segurariam firmemente minha cabeça e afastariam todas essas imagens, todos esses pensamentos. Minha memória entraria no quarto sem dizer nada e viria sentar ao meu lado. Ela colocaria suas mãos, uma na minha testa, outra no topo

[14] Alonso [Quijano] é o nome pessoal do famoso fidalgo Dom Quixote, nome que ele inventa depois de enlouquecer ou fingir que enlouqueceu. Alonso/Dom Quixote é o protagonista do romance *Dom Quixote de la Mancha,* escrito pelo espanhol Miguel de Cervantes no início do século XVII. (N. do T.)

do crânio, e tudo desapareceria. Minha cabeça se esvaziaria de tudo. Não pensaria em mais nada e não escutaria mais nada. Fecharia os olhos e, instantaneamente, adormeceria. Por um instante, só por um instante, não haveria mais fantasmas, só haveria suas pequenas mãos que seguram o cavalo de balanço, à beira-mar, e a eternidade.

PARIS, RUA DE LA DUÉE, CAFÉ LE LÀ-HAUT, 2019

VEJO O MAÇO DE FOLHAS EM BRANCO se escurecer gradualmente na pequena mesa redonda. Agora o garçom sabe o que eu peço todo dia de manhã e a hora exata em que me instalo, no terraço aquecido no inverno, e do lado de fora, assim que a temperatura está amena o suficiente para que meus dedos não enrijeçam sem as luvas. Não posso segurar a caneta se estou de luvas. Agora eu tenho meu café habitual.

Também vou sempre ao mesmo açougue e à mesma livraria. Os funcionários me reconhecem e temos tempo de trocar algumas banalidades e alguns sorrisos. Lucienne, a queijeira da praça Métivier, me cumprimenta toda vez que passo por ali, mesmo se não compro seu queijo com frequência. Ela está na casa dos noventa e com um sorriso sempre no rosto. Ontem passei por lá para pegar um pedaço de comté[15] envelhecido e papeamos dois ou três minutos. Ela me disse que pensava seriamente em sair da pré-aposentadoria e rimos antes de dizer até logo.

Agora, na maioria das vezes, vou ao mesmo supermercado. O que fica a duas ruas da minha casa. De manhã, quando passo pelo Khaled, no momento em que ele coloca os produtos nas prateleiras, ele me cumprimenta com entusiasmo em árabe e às vezes me dá uma maçã porque reparou que eu comprava maçãs com frequência. Eu lhe respondo em árabe, tentando adotar um sotaque neutro, um tipo de compromisso entre seu sotaque e o meu para que possamos nos entender. Às vezes não entendo muito bem o que ele me fala, mas

---

[15] Comté é um queijo francês, produzido na região do Jura, perto da fronteira da Suíça. Um dos queijos mais populares da França, usa como matéria-prima leite de vaca não pasteurizado.

não tem muita importância, basta responder com um sorriso. O árabe que Khaled fala é ainda pior que o meu. Ele deve conhecer duas ou três expressões que teima em usar do jeito que dá. Preferiria que ele falasse comigo em francês para que tenhamos mais de duas ou três palavras para trocar e para que eu me sinta um pouco menos constrangida pelo meu árabe. Eu lhe respondo em árabe porque sei a razão pela qual ele continua querendo usar essas palavras. Essas palavras são tudo o que lhe resta para dizer que não pode esquecer tudo, ainda há duas ou três palavras que permanecem. Essas palavras são tudo o que lhe resta para dizer que ele também deixou uma muda de manjerona em algum lugar, em uma sacada abandonada.

Ele sabe que tem um sotaque árabe quando fala francês e um sotaque francês quando fala essas poucas palavras em árabe. Pode ser que ele queira que nos cumprimentemos em árabe para ver em que ponto está o meu sotaque, para ver se também esqueci minha língua-mãe. Não tenho sotaque nenhum quando falo em francês, então Khaled fala comigo em árabe para que, no espaço de algumas palavras, ambos tenhamos um sotaque. Para ele se sentir de algum lugar. Deste bairro talvez, onde não somos os únicos a não ser de lugar nenhum. Deste bairro onde, já que somos numerosos, um pouco daqui, um pouco de lá, um pouco de algum outro lugar, fazemos dele um pequeno país, um lugar em que nos parecemos e que acaba se parecendo conosco.

Sigo um percurso habitual na minha caminhada da manhã, depois de tê-la acompanhado à escola. Percorro boa parte do 20º e do 11º *arrondissements*[16]. Nos dias de feira, faço um desvio para atravessar a feira de Ménilmontant e a do bulevar Voltaire. Especialmente no inverno, quando ainda está de noite e as bancas estão pontilhadas com lamparinas ou guirlandas de luz. Eu simplesmente passo, sem comprar nada, só para ver a cidade acordar no escuro.

É o meu bairro. É o meu bairro que agora chamo de meu bairro. Gosto que ele seja todo com subidas e descidas. Gosto da rua de Mé-

---

[16] *Arrondissement* é a denominação dada à divisão administrativa de Paris. São vinte *arrondissements* municipais, distribuídos segundo uma espiral que se desenvolve no sentido dos ponteiros do relógio a partir do Louvre (1º *arrondissement*). Os números mais baixos correspondem a *arrondissements* mais centrais e números maiores, a *arrondissements* mais distantes do centro. (N. do T.)

nilmontant e da vista de Paris quando desço por ela, depois de ter subido para chegar à escola. Gosto da rua de la Mare e da rua des Cascades e gosto que elas sejam chamadas assim. Gosto que a rua du Chemin-Vert se chame rua du Chemin-Vert porque antigamente ela atravessava hortas. Gosto que tenha uma rua des Maraîchers. Gosto que tenha uma rua des Mûriers, uma rua des Bleuets, uma rua de la Plaine, e uma passagem chamada passagem du Ruisseau-de-Ménilmontant. Nem me abalo que tenha, pertinho de minha casa, uma rua chamada rua du Liban e uma outra, chamada rua des Maronites.

Gosto da vegetação que invadiu a linha ferroviária da Petite Ceinture. Gosto das ervas daninhas que chegam a crescer entre os muros dos prédios e o asfalto. Gosto que elas consigam achar um centímetro quadrado de substrato para plantar raízes. Gosto dos bordos da minha rua, não existe árvore mais talentosa para falar do outono. Gosto da rua de la Duée, a rua da fonte que jorra, e de suas glicínias. Gosto do desconhecido que plantou sementes de abobrinha ao pé das árvores do bulevar de Ménilmontant esse ano. Gosto que o bairro, que chamo agora de meu bairro, se pareça um pouco comigo. Gosto que ele seja um pouco barulhento e não tão limpo. Gosto que a garotada ande e brinque na rua em todas as estações do ano e que gritem e riam, às vezes um pouco alto demais, e atrapalhem os vizinhos com suas corridas de bicicleta nas calçadas. Gosto da imensa amendoeira, de quase cem anos, da rua des Amandiers e gosto que ela tenha recebido esse nome.

Não sei mais nem quando nem como aconteceu. Não sei mais nem quando nem como o oxigênio conseguiu traçar um caminho até o fundo dos meus pulmões. Não saberia avaliar, em quase seis meses, quando o coração aceitou retomar um ritmo normal, quando as pernas aceitaram levantar e andar. Não sei mais em que momento a luz da superfície da água se deixou adivinhar do fundo do oceano. Não sei mais em que momento ela voltou a existir. Não sei mais em que momento desafiei as leis da física de Arquimedes. O corpo humano é quase da mesma densidade da água, nem boia, nem afunda. É só variando a quantidade de ar nos pulmões que conseguimos nos manter na superfície ou mergulhar. A densidade do corpo aumenta com a profundidade e eu estava a uma profundidade em que não podia esperar que meu corpo subisse naturalmente de volta à superfície. Devia tomar a decisão de fazer os primeiros movimentos e deixá-los cada vez mais amplos. O ponto é adivinhar a superfície. Basta avistar ao longe um reflexo, uma luzinha, para saber em que direção nadar. Não sei mais quando nem como distingui o esboço da luz da superfície e fiz força com as minhas pernas. É a visão de um limite de escuridão que aniquila a opacidade da escuridão. É a escuridão absoluta que se torna penumbra e morre instantaneamente.

Não sei mais nem quando nem como aconteceu. Não tenho mais nenhuma lembrança. Não sei mais nem como nem quando nem por que recebi a ordem arcaica de nadar e obedeci. Não sei mais quando apareceu o perfume do café e o primeiro gole da manhã com gosto de café. Uma manhã. Não sei mais qual. Houve um livro. Não sei mais qual. Uma página, duas, um capítulo inteiro. Houve cinquenta passos. E cem. E cento e cinquenta até o café da avenida. Não sei mais quando foi. Foi em uma primavera, mas não sei mais em que ano. Houve uma laranja. Houve uma noite de primavera em que o travesseiro não ficou encharcado. Não sei mais em que noite foi. Houve um ventinho. Houve uma palavra. E mais uma. E uma frase. Houve a manhã em que nossas mãos se encontraram. Houve uma manhã em que os pés aceitaram avançar, um passo após o outro, e chegaram até a escola.

Você dizia que o dia em que caísse, cairia como cai uma cidade. Foi o país que caiu junto com você. Não sobra muita coisa. A língua árabe se despedaçou em mim conforme você se despedaçava. As palavras caíram no esquecimento, no mesmo ritmo da sua queda. Milhares de palavras me abandonaram, uma por uma. Me abandonaram no ritmo em que você me abandonou. Um pouco mais a cada semana, um pouco mais a cada mês. Cada vez com mais frequência eu abri o dicionário, depois pulei palavras, frases e parágrafos. Foi o último dos exílios. O fim da viagem. Você não caiu como cai uma cidade, caiu como cai um país. Como cai uma língua.

Seu corpo é um álamo. Seu corpo é um álamo que se enraíza em uma terra que o reconhece. Uma terra que chamou você de volta para aconchegá-lo. Em uma terra que escolheu você, você e mais ninguém, para continuar a fazê-lo crescer. Em você se aninham pássaros que não sabem, que não viram nada do que vimos, limpos de tudo o que aconteceu. A terra quis você como prova de que algo dela se lembra, algo dela sobreviveu, algo dela nunca morre. Algo dela é tão antigo quanto o mundo, é eterno, e não dá a mínima para esses quinze aninhos. Algo dela zomba de milhares de outros corpos. Algo dela não se importa com a fina camada de pólvora, uma camada tão fina que é imperceptível em um corte estratigráfico de milhões de anos.

Ela mandou você crescer em uma terra limpa de tudo, uma terra fértil tão antiga que ela nem se lembra, esqueceu tudo. Essa terra o reconheceu entre milhares. Ela se lembrou dos seus pezinhos descalços na beira do lago, das suas armadilhas para caçar os pássaros e dos seus gravetos talhados. Ela se lembrou do perfume do seu corpo de menino deitado em sua grama e dos seus joelhos esfolados. Para você, ela guardou com cuidado todas as pedras que você usava para fazer ricochetes. De você, ela guardou tudo. Seu corpo é um álamo. Seu corpo é o álamo dela. O espécime, o protótipo que ela manda o vento fazer dançar para espalhar suas sementes em todos os cantos do mundo. Para que seu pólen fertilize todas as terras contaminadas e faça nascer milhares de outras árvores e faça repovoar as florestas queimadas.

Não sei mais nem quando nem como aconteceu. Os 30°C e os 73% de umidade se foram com você. Não me possuem mais. O mar de azeite do outono e as flores da romãzeira são agora uma lembrança longínqua, uma imagem descolorida. Uma lembrança que não me assombra mais. Os 33°C e os 73% de umidade me deixaram ir embora. Eles me deixaram ir quando o deixaram ir. Eles me deixaram guardá-los no álbum fotográfico que não abro mais, ou abro muito pouco. Não lhes pertenço mais. Nada mais me possui. O que possuo é um pedacinho do país que me pertence. Um galho de figueira em que subi tantas vezes que ainda está com meu cheiro. Uma onda, uma onda bem pequena, na qual mergulhei tanto que ela ainda carrega o gosto de minha pele. O telhado de uma casa na montanha assombrado pelos meus pulos. Um terreno baldio na cidade assombrado pelos meus risos. Vasos de flores de prédios, de escolas, de ruas, atormentados pelos meus milhares de caroços e sementes.

Meu gigante. Não pertenço a mais nada e não pertenço mais a lugar algum. Só pertenço a suas pequenas mãos que conheço tão bem. Eu as reconheceria entre milhares. Conheço a doçura da palma e a forma dos dedos, que são cada vez menos rechonchudos e cada vez mais longos. Só pertenço à doçura das costas de suas mãos e às suas palmas sedosas. Só pertenço a seus cinco dedos, que puxam os meus e abrem o caminho. Suas mãos riem das fronteiras, riem das nostalgias, riem do Mediterrâneo em cima do qual se equilibram com facilidade. Elas riem do Mediterrâneo que atravessam quando querem. Suas mãos são a mistura. Suas mãos são o profano. Suas mãos são a desordem. São as nuances, são os bemóis. São as estações de transição. O outono e a primavera trabalhando. A primavera que se dedica a gerar um verão inédito, a moldar as sementes do possível.

As plantas que pululam em nossa sacada estão em vasos porque ali colocamos uma mistura de substrato híbrido, uma terra bastarda. Uma mistura de terra de todos os cantos do mundo, na qual as plantas do Mediterrâneo compartilham suas raízes com as das regiões frias. Vasos em que as raízes se embaralham, se misturam e se fundem. O nome dela renomeia o jasmim, rebatiza-o. Nosso jasmim quase não precisa mais de substrato, não está mais apertado, evolui e se adapta. Nós o banhamos em uma água mestiça, em uma nova língua, e o tiramos da água, lavado de tudo que é impuro. Nós o batizamos em nome do impuro. Nós o mergulhamos em uma água recolhida em mil nascentes, uma água que percorreu todo tipo de país, de continente, que escorreu ao longo dos penhascos de outro mundo, um mundo em transformação. Uma água proveniente de riachos de montanhas nascentes. Regamos nosso jasmim que batizamos em seu nome com a água do que está em movimento, em vida, em renovação perpétua, com a água do que escapa às leis do mundo antigo, aquele das raças puras, aquele das raças destinadas a desaparecer. Nós o rebatizamos em nome dela e espalhamos os polens desse novo tipo híbrido aos quatro ventos, para que em todo lugar nasçam bastardos, uma raça de jasmim aclimatada a todo tipo de clima, a todo tipo de terra, a todos os países de todos os continentes. Jasmins que se reproduzirão tão bem, se tornarão tão prolíficos, conquistarão tantos territórios, que darão à luz novos biotipos, novos climas, novos ecossistemas. Nosso jasmim não nos possui, nós o possuímos.

Meu gigante. Cada vez mais minha sacada se parece com as dos velhinhos porque deixo crescer tudo sem o menor preconceito, sem a menor seleção. Porque, assim como eles, minhas lembranças são inúmeras e, como eles, sempre tenho medo de esquecer. Deixo crescerem as lembranças, mesmo as que, como ervas daninhas, crescem onde ninguém as chamou. Lá onde elas atrapalham. Não jogo mais nada fora. Velo minhas plantas doentes até elas darem seu último suspiro.

Rego, mudo de vaso, cuido, corto os galhos gangrenados até a última lembrança de madeira verde. Até o último átomo de seiva. E, uma vez desfeita a última lembrança, mantenho o corpo no terraço durante dias, às vezes semanas, às vezes meses. Eu velo os corpos.

Deixo crescerem em minhas lembranças todas as oliveiras do mundo. Todas as florestas de pinheiros, as laranjeiras, as figueiras e as flores de tomilho que colho nos matagais em cada primavera, antes de deixá-las secar. Pouco importa em que margem do Mediterrâneo. Gosto que não seja o mesmo azul em todos os lugares, que ele tenha mil tons, dependendo da costa em que estamos. Deixo crescerem os banhos de outono bem ao lado das escadas. Deixo o apito das bombas crescer lado a lado com os tomates de setembro de Júlia, a fada da montanha. Deixo as ameixas verdes crescerem muito perto dos apartamentos abandonados. Deixo crescerem à vontade todos os retratos postados não muito longe das brincadeiras de esconde-esconde e dos sucos de laranja naturais à beira-mar.

Meu gigante. Não estou curada. Continuo sem sonhar com casas. Sonho com árvores e lianas crescendo nas ruínas das casas que não existem mais. Com uma vegetação maluca que invade a pedra e o cimento para retomar o espaço que tinha emprestado. Me assusto e me irrito quando a garotada estoura estalinhos na rua. Ainda não sei muito bem onde se guardam as echarpes, que prateleira reservar para as mantas e onde esconder os dentes de leite para não perdê-los. Sou cada vez mais eficiente para arrumar e desarrumar uma mala em tempo recorde. Ainda não sei muito bem decidir com o que ficar e o que jogar fora dos objetos que brotam no apartamento. Ainda não descartei minha mochila azul. Continuo a atrair todos os frágeis, os perdidos, os sem-teto. Continuo a adivinhar as pessoas tristes por baixo de seus amplos sorrisos e a achar os sorrisos delas os mais lindos. Não passo um dia sem me lembrar do sorriso de Sandrine e em que não a escute rir e chorar.

Continuo a ver o valor dos fracos, dos quebrados, dos fracassados, dos covardes. Continuo a perdoar os imperdoáveis. Continuo a gostar das ervas daninhas, as que teimam em crescer no improvável, as que, em um esforço desmedido, conseguem crescer em um minúsculo substrato entre o cimento e o asfalto das cidades hostis. Continuo a adivinhar nas ervas daninhas árvores logo logo imensas. Gosto dos que crescem por vontade própria, que não ligam para os qualificativos que lhes são dados e que têm a graça da desobediência. Os que inventam novos substratos e um oxigênio híbrido. Os que colocam em questão, apenas pela sua presença, todo o terreno poluído no qual cresce o mundo. Gosto cada vez mais das pessoas que duvidam. As que sempre tomam uma pequena inspiração antes de se precipitar para responder. Gosto que elas tomem essa inspiração que conhece o peso das palavras e a importância do sentido. Vejo cada vez mais elegância nelas. Gosto das pessoas que duvidam, hesitam e ousam se fazer perguntas. Perguntas demais. Gosto das pessoas que erram e caem.

Gosto dos que crescem nos rochedos e crescem onde não são esperados. Empurro a pedra, meu gigante. Meus bolsos transbordam de sementes que guardo cuidadosamente para semeá-las quando passar ao lado de uma terra, sem me preocupar que um dia elas se tornem árvores. Faço isso e faço de novo, mesmo onde nada cresce. Recomeçamos, Sísifo e eu, inexoravelmente, com plena consciência. Sísifo e eu estamos sempre atarefados em nos lembrar. A cada segundo, lembramos a crueldade dos deuses, mas também nossa desobediência, nossa identidade e nossa revolta. Injetamos na escuridão da revolta o que é necessário de ira para matar o escuro absoluto. A razão por si só não nos basta, a Sísifo e a mim, para encontrar a força para crescer e plantar. O que sobreviveu de mim cresce no rochedo e encontrou alguns grãos de substrato improváveis e algumas moléculas de um oxigênio singular para se respirar. O que sobreviveu de mim, como as ervas daninhas, tem um quê de intratável. O que sobreviveu de mim continua a ser um pouco só. Definitivamente não sou de nenhum grupo, de nenhuma facção, de nenhuma tribo. Não pertenço a nada, nem a ninguém, além de suas mãozinhas.

Meu gigante. Fiz as pazes com as poucas palavras em árabe que sobram. Sobram bastante. Decidimos, de comum acordo, que, afinal, não foi culpa delas, que elas assistiram ao espetáculo, impotentes. Fizemos as pazes e pensamos que as outras palavras não estavam escondidas muito longe e que, talvez, um dia, estaremos suficientemente em paz para conseguirmos nos rever e conversar. Para nos conhecermos de novo, para recomeçarmos em novas bases e reaprendermos a conhecer, nos reconhecer, elas e eu, e a nos lembrar. Elas não estão muito longe. Elas esperam, com paciência, que eu aceite perdoá-las.

Elas estão esperando que eu as perdoe por terem me abandonado. Um dia, eu as perdoarei por terem nos traído e por terem nos obrigado a compartilhar algo com elas, com os fortes, por terem nos obrigado a ter um ponto em comum, a desposar as mesmas consoantes e as mesmas vogais, a abraçar as mesmas letras.

Elas, as palavras, não estão muito longe. Esperam com paciência. Pode ser que um dia eu as chame de volta para mim, uma após a outra, sem paixão, sem pressa. Eu as convocarei, uma de cada vez, uma a uma, para firmar, com cada uma, um novo acordo, um novo contrato. Assinaremos as condições do nosso novo acordo e abriremos um novo capítulo. Aceitarei as suas desculpas e admitirei meus próprios erros. Eu lhes direi que mudei, que cresci e que às vezes é preciso saber se separar para melhor se reencontrar. Eu lhes direi que a ruptura é, às vezes, óbvia e necessária, que o divórcio é, às vezes, imperativo. Eu lhes direi que aceito abrir um espacinho para elas, ao lado das palavras em francês, que seu lugar sempre foi ali, que basta elas se instalarem de novo. Eu lhes direi que seu nome, por si só, é um começo de tratado de paz.

Pode ser que, um dia, estejamos suficientemente em paz para que as palavras de cada idioma ocupem o mesmo número de lugares, o mesmo espaço na cabeça, suficientemente em paz para que a repartição seja justa. Um dia nos perdoaremos, elas e eu, de termos nos abandonado. Um dia estaremos em paz o bastante para lembrar o nome das plantas em árabe. Ficaremos no terraço, ela e eu, e convocaremos as palavras, uma a uma, para rebatizá-las com nossa água híbrida. Faremos com as outras plantas o que fazemos com o jasmim. Inventaremos novas raças de plantas com todas as plantas da sacada. Raças com dois nomes. E aprenderemos suas denominações latinas, universais. Nós as deixaremos no vaso, fora do solo, por enquanto, para mantê-las tão móveis quanto nós, para que se pareçam conosco e para continuar fertilizando-as com o que somos.

Meu querido gigante, me deixe segurar seu dedo por mais alguns segundos. Sei que tenho que soltar. Rápido, como se tira um curativo, para que não doa muito. Vou apertar o mais forte que posso por alguns segundos, depois vou tirar a minha mão de uma vez. Só uma coisa, meu gigante, antes que eu tire a minha mão da sua. Você sabia que a massa máxima de uma estrela que pode produzir uma supernova é estimada em mais ou menos quarenta massas solares? Além dessa massa, a estrela desmorona e, diretamente, forma um buraco negro. Meu gigante. Meu mil sóis. Vamos, de uma vez. Já são quase 16 horas. O sino vai tocar e eu vou pegar sua mãozinha na minha para descer a rua de Ménilmontant. Depois entraremos na rua des Amandiers para passar embaixo da velha amendoeira em flor e pensarei comigo mesma que gosto do perfume ambiente: uma sábia mistura de combustível, iodo, escapamento e cigarro.

NO MAIS LONGE... NO MAIS FUNDO

Lá em cima, no mais longe, no mais fundo
Em um espaço fresco e limpo
Repetidamente, me banho na chuva
Me cubro com os véus transparentes do crepúsculo
Uma estrela para mim
Me chama, uma luz que atravessa o espaço
Me convida para voar
Eu voo, eu plano, eu atravesso os espaços,
Na sua direção
Aqui estou, encarnado em uma estrela que gira desde tempos [imemoráveis
Em um espaço abissal, em uma noite abissal
Lá embaixo, no mais longe, no mais fundo,
Uma estrela para mim
Me chama e me convida para si
Meu corpo afunda no mais profundo da terra
Se desfaz na dialética dos elementos
Meu corpo é um álamo que surge à beira da água
Em meus galhos se aninham pássaros
Que piam em minhas folhas do amanhecer ao crepúsculo
Aqui estou, encarnado em um álamo à beira da água.
Aqui, no telhado
Em um telhado sem limites
No mais longe... no mais fundo
Um telhado reto que se estende até o infinito
Lá, perto de mim
Uma estrela que se acende para mim
Me chama e me convida a apagá-la
Me convida, murmurando, a cochilar e adormecer.

Este livro foi composto nas fontes
Source Serif [texto], Mouron e Rousseau Deco [títulos],
impresso pela gráfica Eskenazi em papel Pólen Soft 80g
e diagramado pela BR75 texto | design | produção.
São Paulo, 2024.